UN PACIENTE EN ATALAYA

o Elena y el primer viaje
en el tiempo de la historia

Un guión original de
DIEGO COSTA MELGAR

Un paciente en Atalaya o Elena y el primer viaje en el tiempo de la historia

Copyright © Diego Costa Melgar

Todos los derechos reservados. Cualquier forma de reproducción total o parcial, distribución, comunicación pública o transformación de esta obra en cualquier forma, sea este electrónico, mecánico, por fotocopia, por grabación u otro métodos, sólo puede realizada con la autorización previa y por escrita del autor.

Para comunicarse con el autor, escribir a **d.costa@dcm.cl**

ISBN: 978-956-398-494-1
N° Certificado DDI: 2022-A-2703
Registro de Propiedad Intelectual Safe Creative: 2212192903924

Primera edición Paperback: Diciembre 2023

Editado por: Daniela Ramírez Pedreros
Prólogo por: Victor Soto Martínez
Diseño de portada e interior: María Paz Carvajal Becerra

Creado con orgullo en Stgo. de Chile.

Nota:
Al leer este guion, te recomendamos comenzar con la mente en blanco y abierta, para tener espacio e imaginarte las escenas descritas de forma visual. Para situarte en cada escena, indicadas por los números ubicados a la derecha e izquierda de cada una, es necesario leer sus encabezados y descripciones con detalle.

Algunos conceptos para tener en cuenta:
Int. - escena desarrollada al interior de un edificio, casa, estudio, etc.
Ext. - escena desarrollada al exterior, aire libre, calle, campo, etc.
O.S. - off screen, no se ve el personaje que habla.
Corte a negro - literalmente un corte brusco de imagen a negro.
Fade out - la imagen se va lentamente a negro.

A mi familia de antes, de ahora y de siempre.
Con todo el agradecimiento, respeto y
profundo amor que se merecen.

Prólogo a *Un paciente en Atalaya o Elena y el primer viaje en el tiempo de la historia*

Las películas invisibles

Uno

Una mujer es invitada a un programa de televisión. El conductor, acostumbrado a lidiar con locos deseosos de figuración -después de todo es un programa sensacionalista-, no le toma mucho peso a lo que la mujer está diciendo. Pero, poco a poco, sus palabras impactan a la audiencia (y a él lo descolocan, lo sacan del personaje). La mujer ha prometido lo imposible, lo irrisorio: el viaje en el tiempo. Más aún: ejecutar un viaje en el tiempo en televisión, en vivo frente a todo el mundo. No hay dobleces ni engaños. Otra cosa importante: todo esto ya ocurrió. Lo que vemos son imágenes de archivo, un programa de los años noventa, aparentemente olvidado. En este punto espero haber captado, citando a Leonardo Di Caprio, no sólo su *curiosidad* sino también su *atención*.

La mayor parte de esta historia vemos a la mujer tratando de convencer al hombre de la veracidad de sus palabras. Pero, sobre todo, ella trata de desafiar al hombre a romper su carcaza de escéptico. Al parecer, hay un mensaje que ella quiere entregarle personalmente a él y, *de paso*, al resto del mundo, un mensaje que es, para ella, de absoluta necesidad vital. La duda se traslada pronto al espectador/lector de la historia. ¿Será verdad lo que dice? Deseamos que así sea, aunque sea improbable. Sin embargo, pronto nos quedaremos con otra cosa: con el misterio de un *por qué*. La historia -como toda buena historia- se inicia en la sorpresa y termina en el misterio.

Si esto fuera una película, ahora veríamos los créditos iniciales.

Dos

Les conté la anécdota, pero no hemos ido todavía al meollo del asunto. Ahora lo atacaré sin más preámbulo. ¿Por qué leer el guion de una película que *no* se ha filmado? ¿Qué es este experimento? ¿No se estará abusando de la paciencia del lector?

Nuestra respuesta será forzosamente ambigua. Sí y no. Sí, estamos frente a un experimento que le pide al lector no sólo su paciencia, sino también, en cierta forma, un salto de fe. Pero, al mismo tiempo, queremos dejar en claro que hay muchas razones válidas para *leer* el cine, para ver en él también -aunque suene escandaloso- una forma literaria.

El guion, tal como lo conocemos, inició sus pasos como un apoyo para los realizadores, y luego –de la mano de Thomas Harper Ince, productor de principios del siglo XX- como una parte de la línea de ensamblaje de la producción cinematográfica. De esta forma, se empezó a requerir que se detallara en él información sobre los escenarios interiores y exteriores a utilizar, así como un recuento exacto de la gente que participaría en las escenas. Por tanto, si bien empezó como una guía, se fue convirtiendo paulatinamente en un conjunto de instrucciones, y más adelante en una forma literaria que quería ser como su severa madre, la dramaturgia.

Grandes escritores prestaron sus servicios a las productoras, como Scott Fitzgerald y Faulkner, pero muchas veces el guion era visto ya como alimento, ya como pasatiempo transitorio, un *sparring* antes de que estos literatos se enfrentaran a sus verdaderos oponentes, la novela o el cuento. Sin embargo, la lista de escritores-guionistas y de escritores-cinéfilos es larguísima. Incluso Borges y Bioy Casares incurrieron en el vicio (el "séptimo vicio", como diría un insigne cinéfilo de nuestras tierras). La chilena María Luisa Bombal también haría lo propio con la película argentina *La casa del recuerdo* (y estuvo a punto de vender a Hollywood su *House of Mist*, versión en inglés de *La última niebla*). La adaptación de un cuento o de una novela al lenguaje cinematográfico era entonces -y me atrevería decir que sigue siendo, a pesar de toda el agua que ha pasado bajo el puente- el sueño húmedo de todo escritor, y más de una vez se han otorgado los derechos de un texto con la condición de meter mano en el guion.

Por otro lado, sería injusto no referirse aquí a los grandes escritores del cine, quienes a lo largo del siglo XX fueron labrando la *forma* del guion hasta darle un cariz literario. ¿Cómo no pensar en un Dalton Trumbo (*Spartacus*), invisibilizado por la persecución anticomunista de la guerra fría, o un Fred Nugent, el escritor detrás de *The Searchers*, la inolvidable película de John Ford? ¿Les parece que *The Empire Strikes Back* es la mejor película de la saga de *Star Wars*? Pues gran parte de su compleja estructura tiene que ver con Leigh Brackett, escritora famosa por haberle corregido el guion de *The Big Sleep* al mismísimo William Faulkner. En la actualidad, nadie podría dudar de las virtudes de un Aaron Sorkin (*The Social Network*), quien le imprime a todos los guiones que escribe su característico estilo verborreico, o lo que ha significado -sobre todo en términos de forma-, la revolucionaria carrera de Charlie Kaufman (*Eternal Sunshine of the Spotless Mind*). Esto último es importante. El guion, una forma que originalmente se pretendía adjetiva, instrumental, ha pasado a ser, en sí mismo, un espacio de innovación estilística. Pensemos en Tarantino y sus historias in media res, su juego permanente con el orden de los acontecimientos y, en sus últimas producciones, con el verosímil y la Historia (así con mayúsculas). Pensemos, también, en los continuos quiebres de la "cuarta pared", el sello que le imprimió Phoebe Waller-Bridge a la magnífica serie *Fleabag*. O, para no ir muy lejos, en Christopher Nolan y su guion de *Oppenheimer* escrito en primera persona. La forma literaria del guion está, como puede apreciarse, en permanente evolución. Y, mal que le pese a Robert McKee -o al Robert McKee interpretado por el ahora famosísimo Brian Cox en *Adaptation*-, la forma tiene la virtud de emanciparse incluso de la pesada tradición del conflicto central (esa tradición que nuestro Raúl Ruiz repudió para reivindicar, en cambio, la *poética* del cine).

Los cruces entre literatura y cine son demasiado vastos para encorsetarlos en estos apurados párrafos. Marguerite Duras jugó en ambos frentes; lo mismo hizo por un tiempo, Susan Sontag. Nótese que Tarantino convirtió su guion para *Once Upon a Time in Hollywood* en una novela por derecho propio, mientras que Almodóvar publicó su guion de *La piel que habito* en la prestigiosa editorial Anagrama. La estructura cinematográfica y, en particular, el montaje, se ha diseminado en la escritura novelística -piénsese, por ejemplo, en la obra temprana de Vargas Llosa- tanto como la narrativa ha inundado las pantallas.

Aquí se me ocurre, a la rápida, la obra de Wes Anderson, desde *The Royal Tenenbaums* en adelante, y quien lleva el trasvasije de estilos a su extremo en sus recientes adaptaciones de cuentos de Roald Dahl. Y cómo no recordar la escena final de *The sheltering sky*, de Bernardo Bertolucci, en la que es el propio autor, Paul Bowles, quien recita -mirando a la cámara- una de las frases más penetrantes de su novela homónima.

Tres

Podríamos seguir así por días. Lo cierto es que el cine es una extraña fantasmagoría. Así como se alimenta de la literatura de todos los tiempos, también insufla de vida a las nuevas escrituras; si -como alguna vez se ha dicho- se escribe lo que se ve, hoy se ve como se filma. (O así era, al menos, durante el reinado de lo análogo. El hombre de la cámara reemplazaba al ojo).

Queda claro, entonces, que el guion es una forma literaria. Y así como aceptamos con gusto la lectura de teatro, deberíamos aceptar también la lectura de cine. Pensémoslo con un ejemplo práctico. No sé ustedes, pero yo nunca he visto en vivo una obra de Sófocles. Edipo y Antígona, por ejemplo, las he leído y las he analizado (deben ser las obras más sobreanalizadas de la literatura occidental), pero no las he visto representadas. Debe ser impresionante; dicen que la representación de la tragedia griega era muy parecida a lo que hoy se ha venido a llamar una experiencia "inmersiva", particularmente porque tenía un fuerte componente de ritual político. Pero yo, al menos, no lo he experimentado. ¿Eso impide que disfrute de su lectura? Para nada, porque es su trama -el *mythos*- y sus agudos diálogos lo que prevalece.

Con estas analogías no quiero elevar el texto que tenemos aquí a la máxima potencia. No es justo para nadie enfrentarse a nombres tan incontestables como Sófocles (o como Tarantino en el cine). Menos para un escritor debutante. Ciertamente, el lector tendrá reparos con esta o con aquella idea, se imaginará el diálogo distinto en su cabeza, intentará llevar el agua de los acontecimientos a su propio molino. Imaginará, incluso, un final completamente diferente. Pues bien, de eso se trata. He aquí el salto de fe del que hablábamos al principio. Pero más que salto de fe es *un salto de imaginación*. Estamos frente a una película en potencia. Se le pide al lector justamente que llene los puntos intermedios, que imagine la película sin tener como referente obligado un producto ya existente. Cada lector construirá, así, la película en su cabeza. Al final de este ejercicio, habrá tantas películas como lectores tenga este libro. Y, quizás, algún día, uno de ellos la lleve del mundo de la fantasía al mundo de la realidad (pagando, por cierto, los derechos correspondientes).

Víctor Soto Martínez
Santiago, octubre de 2023

Escena post créditos

Italo Calvino imaginó ciudades invisibles. Esperemos que, con esta publicación, se inicie una tendencia de imaginar -paradoja entre paradojas- *películas invisibles*.

"Las leyes de la física sólo existen para convencernos de aquello de los que nos creemos incapaces."

- Dra. Ainhoa C.C.

1   **INT. SET DE TV, TALK-SHOW ATALAYA - NOCHE**

La respiración profunda y cansada de ELENA (90 años) se escucha en la oscuridad.

Entre penumbras se puede ver en el suelo, una lámpara de mesa que está volteada parpadeando, como a punto de estallar. Una botella de vino tinto con etiqueta roja está tirada junto a una copa rota que aún está goteando, alimentando una pequeña posa del mismo vino que parece un charco de sangre.

Una pequeña mesa de centro está completamente al revés con una pata quebrada, una tabla de quesos y frutos secos está esparcida por todo el piso y una fracción de un letrero de neón rojo con las letras "AT" tiñe de color el ambiente.

Unas tarjetas de televisión tipo ayuda-memoria están esparcidas al costado de la mesa con el logo del programa "Atalaya" y un ovillo de lana verde está tirado en el suelo, a medio desarmar, sin inicio ni final.

Los labios pintados de Elena dejan ver rastros de labio leporino. Sonríe y se pueden ver unos dientes muy blancos y cuidados. Sus ojos azules brillan de emoción, tras unos enormes lentes ópticos dorados.

Elena está de pie, apoyada en su fino bastón de madera. Da un paso adelante, respira profundo un par de veces y logra cierta calma. Acomoda su pelo corto, y sacude el polvo de su largo y elegante cárdigan gris claro que deja ver su micrófono de solapa.

      ELENA
    ¿Quién sería yo si a estas alturas
    de mi vida, en este preciso lugar
    en el tiempo, no estuviera
    dispuesta a aceptar los riesgos
    que voy a tomar?

Un poco más atrás, en el suelo y adolorido, detrás de todo y cerca de un panel que simula una gran ventana de madera con una ciudad nocturna impresa en papel, se encuentra INTI (35 años), el host del show, que parece haber estado muy arreglado hace algunos minutos. Se soba la cara. Tiene la nariz rota, sangrando. Usa una camisa de franela clara y grande que también lleva enganchado su micrófono de solapa.

Se incorpora poco a poco hasta quedar de pie. Se afirma en un foco de luz apagado, de esos que deberían estar detrás de cámara para iluminar el set. Permanece distante, mirando a Elena, perplejo.

Elena carraspea y aclara su garganta. Se alza firme y con
la espalda recta. Ahora sí está lista. Se dirige a la
cámara, al público televidente y habla en un tono seguro,
como si fuera un discurso preparado por mucho tiempo.

      ELENA
   Mi nombre es Elena Grajales y hoy
   Lunes 8 de Junio de 1998... tuve
   la suerte de poder estar aquí,
   contigo.

Elena mira a Inti a los ojos.

      ELENA
   Y por ti, Inti, demostraré lo que
   todos creíamos imposible.

Elena revisa su reloj análogo de pulsera, uno claramente
muy antiguo y con una correa de cuero, con muchos
detalles en ella.

      ELENA
   Sin más preámbulos, contra todo
   cuestionamiento posible, aquí y
   ahora, frente a todos ustedes...,
   yo, Elena Grajales, viajaré en el
   tiempo..., y aceptaré todas las
   consecuencias que esta decisión y
   este viaje puedan ocasionar.

Se genera un silencio sepulcral. Inti sólo la mira,
expectante.

      ELENA
   En 3... Todo vale la pena a estas
   alturas.

Inti va a decir algo, pero se contiene. Se acerca a Elena
lentamente hasta que ella lo mira y él se detiene en
seco. Elena lo queda mirando hasta que Inti decide dar un
paso atrás. Elena continúa.

      ELENA
   2... Porque por fin sé que esto es
   lo que debería haber sido siempre.

Elena aprieta firme su bastón.

      ELENA
    (susurrando)
   Uno... ¿Quién sería yo si no
   hiciera todo lo posible para ser
   feliz junto a mi familia?

Inti sonríe y Elena vuelve a sonreír también. Se alza recta y segura de sí misma.

Elena mira a cámara, luego a Inti y...

presiona el único botón que tiene su reloj.

Inti da un paso más acercándose a Elena.

Los ojos de Elena se llenan de emoción.

CORTE A:

2   **INT. SET DE TV, TALK-SHOW ATALAYA - NOCHE**   2

Créditos iniciales.

Todo oscuro. Aparecen los créditos iniciales de la película "Un paciente en Atalaya o Elena y el primer viaje en el tiempo de la historia".

Poco a poco se entremezcla con el logo animado del programa "Atalaya", hasta que queda sólo el logo del show.

Se ve a través de un gran televisor con VHS incorporado, presentando el inicio del programa, con una música instrumental introductoria. Más abajo, en letras superpuestas y más pequeñas: "con Jorge Enrique 'Inti' Rogers".

3   **EXT. FRONTIS CANAL - NOCHE**   3

Un edificio con enormes antenas parabólicas en su techo. Los autos pasan por las calles de la ciudad.

>   INTI (S.O.)
>   Hola, buenas noches a todos, mi
>   nombre es Jorge Enrique Rogers...
>   o "Inti," como me conoce la
>   mayoría hoy en día.

4   **INT. SET DE TV, TALK-SHOW ATALAYA - NOCHE**   4

Es un estudio con dos niveles. En el nivel más bajo hay dos poltronas con una mesa de centro entre ellas. Más atrás, está el mismo televisor que muestra permanentemente la animación con el logo del show, junto a un teléfono fijo. Y al costado del gran ventanal falso que muestra una imagen impresa de la ciudad por la noche, hay un neón rojo con el título del programa.

                    INTI (S.O.)
          Son exactamente las veintidós
          horas del día Lunes 8 de Junio y
          desde lo más recóndito de nuestro
          canal "dos y medio", les doy la
          bienvenida a un nuevo capítulo de
          "Atalaya".

Inti está sólo, sentado en una poltrona frente a la mesa
de centro.

Ahora sonríe muy amable a cámara, está muy bien vestido,
con un peinado perfecto, muy bien cuidado y ordenado.
Modula muy notoriamente.

                    INTI
          En capítulos anteriores hemos
          hablado de esoterismo, viajes
          astrales, contacto con el más
          allá, hipnosis con el gran experto
          de la televisión chilena y ovnis,
          con el programa que se está
          preparando para el próximo año, la
          antigua historia del Caso Valdés e
          incluso la supuestas abducciones
          de los famosos. También hemos
          incursionado en las teorías
          conspirativas del fin del mundo y
          la inevitable llegada del nuevo
          milenio. Por supuesto, estos son
          temas complejos, pero como
          siempre, la dificultad no nos
          impedirá cumplir con nuestra
          misión de buscar la verdad... o lo
          más cercano a ello que se le
          parezca.

Se acerca un ASISTENTE DE PRODUCCiÓN DE PELO CAFÉ OSCURO,
deja una botella de vino de etiqueta azul y dos copas en
la mesa de centro, y llena una de ellas. Inti la toma.

                    INTI
          En esta ocasión y ad portas del
          mundial de Francia, les comento
          que NO hablaremos de fútbol.

Se escucha un abucheo grabado.

                    INTI
          Pero no se preocupen, esto es
          mucho más interesante...

>   Mientras todo el resto de la
>   televisión chilena se dedica a
>   eso, nosotros tendremos un
>   interesante desafío en nuestra
>   búsqueda de la verdad.

Alza la copa de vino.

>   INTI
>   Y como siempre, para encontrar la
>   verdad, contamos con un nuevo y
>   excelente vino de exportación,
>   especialmente traído a este
>   programa para que nos permita
>   soltar todo tipo de inhibiciones.

Inti sonríe y hace un gesto de brindis a cámara.

>   INTI
>   ¿Qué mejor que una buena
>   conversación tomando un buen vino?

Inti hace una pausa para probar el vino. Hace un gesto de desaprobación y asco.

>   INTI
>   Ojo, que no sólo digo que es buen
>   vino porque es el único auspicio
>   que tenemos.

Inti se ríe y reacciona a gestos que le hacen detrás de cámara.

>   INTI
>   Sé que es buen vino y no lo digo
>   sólo porque nos lo regalen.

Se sigue riendo y toma otro trago forzado.

>   INTI
>   Hoy tenemos a un invitado muy
>   especial...

Nuevamente mira detrás de cámara.

>   INTI
>   Perdón, perdón. Tenemos a UNA
>   INVITADA muy especial. Es que hubo
>   cambios de último minuto, lo
>   siento. Ella no sólo quiere
>   contarnos algo totalmente
>   increíble, sino que además dice
>   que puede convencernos de que
>   ella...

> Es casi imposible resumir esto de
> manera que no parezca una locura,
> por lo que iré directamente al
> grano: ella dice haber construido
> una máquina del tiempo.

Sonríe y deja pasar unos segundos para escuchar el jingle de introducción de los invitados.

> INTI
> ¡Escuchaste bien! ¡Nuestra
> invitada de hoy dice haber
> construido una máquina del tiempo
> y viene a convencernos de que los
> viajes en el tiempo sí son
> posibles! ¿Cómo lo hará?
> Bienvenidos una vez más a otro
> capítulo de "Atalaya". Y en
> especial, demos la bienvenida a la
> señora Elena Grajales, quien dice
> ser la creadora de la primera y
> única máquina del tiempo... ¡de la
> historia!

Se escuchan aplausos grabados que se suman a la música introductoria. Inti sonríe burlesco y de fondo se escuchan unas risas del equipo de producción.

Elena entra lentamente, con su bastón en mano, bien peinada y elegante. Está muy nerviosa y no le quita los ojos de encima a Inti.

Cuando llega a su lado, Inti le acerca la mano para saludarla y ella le extiende la suya, tiritando. Inti se da cuenta.

> INTI
> Tranquila, soy sólo una persona
> más, de carne y hueso. No pasa
> nada.

Elena sonríe y decide abrazarlo. Inti se deja abrazar con tranquilidad, hasta que determina que ha pasado mucho tiempo. Le sonríe amablemente y la separa de sí mismo.

Elena lo mira con los ojos llorosos y se sienta en la poltrona frente a él.

Inti le ofrece una copa de vino y Elena la acepta feliz, tomando de inmediato un largo trago. Deja la copa en la mesa y se queda mirando fijamente a Inti.

> INTI
> Mucho gusto, señora Elena...

                    ELENA
          El gusto es mío, Inti... Te
          agradezco profundamente por
          recibirme y por la oportunidad de
          estar acá contigo hoy en este
          programa. Ya no me aguantaba las
          ganas de conocerte.

                    INTI
          Por supuesto, tranquila. Con lo
          que viene a contar, es sólo un
          placer tenerla en nuestro
          programa.

Elena sonríe tímidamente.

                    INTI
          Señora Elena, como bien sabe, y
          creo que es algo que ya hablaron
          con la producción, la idea es que
          nos cuente su historia y nos ayude
          a encontrar la verdad en ella.

                    ELENA
          Lo sé.

                    INTI
          Encontrar la verdad sea cual sea,
          nos guste o no nos guste, a
          nosotros o a usted.

Elena no responde.

                    INTI
          Sabemos que puede ser algo
          complejo, ya que nos es imposible
          comenzar una conversación de este
          tipo creyendo inmediatamente que
          lo que dice es cierto... No sé si
          me explico.

Elena sigue sin responder, por lo que Inti mira detrás de
cámara sin saber que hacer.

Como siguiendo instrucciones, le vuelve a rellenar la
copa a Elena.

Elena toma otro largo trago de vino. Se queda mirando la
copa fijamente.

                    ELENA
          Me puedes repetir la pregunta por
          favor, Inti?

>   INTI
> En realidad no fue una pregunta,
> sino más bien un comentario,
> esperando que me pueda aclarar la
> situación.
>
>   ELENA
> ¿Qué situación?
>
>   INTI
> Vamos, señora Elena, por favor.

La mano izquierda de Elena no para de temblar, por lo que posiciona la derecha sobre ella para calmarse.

>   ELENA
> ¿Te gusta ser el conductor de este
> programa? ¿Eres feliz siéndolo?
>
>   INTI
> ¡Por supuesto que sí! ¿Qué cosa
> habría de disgustarme? Por
> supuesto que tengo ganas también
> de probar cosas nuevas, pero me
> encanta lo que hago. ¿A usted no
> le gusta el programa? ¿Quizás
> somos muy... muy pernos para
> usted?

Se escuchan risas grabadas.

>   ELENA
> No, para nada. No es que no me
> guste. Claro que me gusta, por
> supuesto.
>
>   INTI
> ¡Está bueno saberlo!
>
>   ELENA
> Es que tu objetivo es buscar la
> verdad en temas donde es muy
> difícil encontrarla.
>
>   INTI
> Eso es justamente lo que me
> encanta. ¿No lo cree apasionante?
> Es cómo descubrir todos los días
> algo nuevo.
>
>   ELENA
> Si realmente lo descubres. No son
> temas fáciles.

INTI
Y si no descubrimos la verdad, al menos llegamos lo más cercano posible a ella. Y me quedo contento con la idea de haberlo intentado. Cero rollo. ¿Acaso no es eso todo lo que se necesita? ¿Al menos intentarlo?

ELENA
Pensé que "todo lo que se necesitaba" era encontrar la verdad.

INTI
En realidad siempre hay una respuesta, lo que pasa es que a veces es... mula no más... una mentira no más. Y no siempre le gusta esa respuesta al público televidente. Incluso puede no gustarme a mi, cosa que me ha pasado bastante en este último tiempo. Pero para eso estamos acá. Para buscar la verdad aunque sea una vez a la semana.

Silencio. Elena toma un trago de su vino.

ELENA
Básicamente fue sin querer.

INTI
¿Qué cosa?

ELENA
Como descubrí la forma de viajar en el tiempo.

INTI
¿Cómo sin querer? ¿A qué se refiere?

ELENA
Algunos de los descubrimientos más importantes de la historia han ocurrido sin querer, o por error, buscando otra cosa.

INTI
Si, entiendo que hay casos muy importantes...

> ELENA
> Bueno, este es uno de ellos, entonces.

> INTI
> ¿Así nada más? ¿No hay más explicación que esa?

> ELENA
> No que venga al caso en este momento.

> INTI
> Bueno..., ¿entonces?

Inti espera, pero Elena no entrega más información.

> INTI
> Y, ¿a dónde se supone que ha ido hasta el momento? ¿A qué tiempos y lugares? ¿Al pasado, al futuro?

> ELENA
> No... aún no he viajado.

Inti se ríe, incómodo.

> INTI
> ¿Cómo? Entonces, ¿cómo se supone que sabe que funciona la máquina del tiempo? No partimos muy bien, debo decirlo.

> ELENA
> He realizado algunas pruebas, por supuesto.

> INTI
> Claro, por supuesto, hizo unas pruebas.

Elena no responde. Sigue muy tímida.

> INTI
> ¿Quizás se pueda extender un poco más y nos pueda contar algo no tan resumido?

> ELENA
> ¿Qué más puedo contar?

                    INTI
          Para eso vino, ¿verdad? Para
          demostrar que los viajes en el
          tiempo son posibles.

                    ELENA
          En realidad no. Vine a conocerte a
          ti.

                    INTI
          La verdad es que me siento
          totalmente halagado, pero debo
          mencionarle que estoy perdidamente
          enamorado de mi señora esposa.

Inti le muestra su anillo a Elena. Se escuchan risas de
fondo y aplausos.

                    ELENA
          No me refería a conocernos así.
          Por supuesto que no.

Inti sonríe.

                    INTI
          Por supuesto que no.

                    ELENA
          Lo de demostrar lo de los viajes
          en el tiempo es simplemente un
          valor agregado de estar acá hoy, y
          la perfecta manera de llegar a
          conocerte a ti, aunque sea por un
          momento. Además, de alguna forma
          creo que te ayuda mi presencia en
          el programa.

                    INTI
          Podría ayudarme muchísimo, siempre
          que fuera verdad su historia.

                    ELENA
          De todas maneras.

                    INTI
          Y, ¿cómo funciona la máquina? ¿Usa
          plutonio?, ¿energía renovable?,
          ¿basura?

Inti es absolutamente sarcástico. Elena lo ignora.

                    INTI
          Nada explosivo, ¿verdad?

Silencio.

Elena le muestra el reloj.

                    INTI
          ¿Me va a decir que con un simple
          reloj puede viajar en el tiempo?

Inti mira nuevamente detrás de cámara, como buscando una
explicación en los productores. ¿Por qué Elena está
sentada ahí con él en este programa?

                    ELENA
          ¿Por qué tendría que ser sólo
          posible con una gran máquina? ¿No
          es más práctico y funcional acaso
          un reloj?

                    INTI
          ¿En serio? Así nada más, ¿por lo
          práctico y funcional?

Elena se encoge de hombros.

                    INTI
          No sé si sabrá, pero hoy teníamos
          programado a otro invitado
          especial. A José Mella.

Elena hace un gesto de desaprobación. No le interesa
quién es José Mella.

                    INTI
          José Mella, un ingeniero químico
          que por cosas de la vida se
          terminó dedicando a ser medium.
          ¿Me va a decir que no lo conoce?
          Se hizo famoso cuando
          supuestamente se logró contactar
          con José Artigas, en un programa
          en directo en Uruguay... y creo
          que dio datos de su vida que no se
          sabían en ese entonces, y que
          después fueron comprobados... Le
          han dado como bombo después de
          eso...

                    ELENA
          Lo siento...

                    INTI
          ¿En serio? La rompe como medium y
          charlista en todas partes.

Donde vaya siempre está lleno, con
todo vendido. ¡Un verdadero
rockstar! Ha viajado por todo el
mundo haciendo conferencias y
tiene la agenda copada como por 6
u 8 meses más. ¡Y no cobra para
nada barato!

Lo piensa unos segundos.

           INTI
En realidad TENÍA la agenda
copada. Ahora supongo que
dependerá de la investigación.

Elena toma un trago de vino sin decir nada.

           INTI
Justo hoy fue detenido porque
supuestamente venía con artefactos
explosivos... ¿Puede creerlo?
¿Quién va a venir a este programa
con explosivos? Y menos él...
¿Para qué?

Inti toma un trago de vino.

           INTI
Aunque no debería referirme mucho
a este tema mientras esté en
investigación... Mi punto es que
justo hoy..., bueno..., usted
misma se invitó, ¿verdad?

Elena sonríe.

          ELENA
Muchas gracias por la aclaración.

           INTI
Por supuesto, después de la
insistencia y, finalmente, la
acusación contra José, todo en el
último minuto, era un verdadero
placer aceptarla en nuestro
programa.

Elena e Inti sonríen juntos, cómplices.

           INTI
A lo que me refiero, es que
normalmente toma mucho tiempo
agendar a un invitado.

Supongo que fue una suerte para usted que José haya sido cancelado a último minuto.

          ELENA
Supongo que José necesitará un poco de suerte con ese tipo de problemas...

          INTI
Vamos, no puedo seguir hablando más de esto, ¡no me mate! Así que le agradecería que por favor me ayude contestando a algunas de mis preguntas. Cuéntele a nuestro fiel público, ¿quién es Elena Grajales y por qué cree que puede viajar en el tiempo?

          ELENA
Bueno..., soy psicóloga y profesora... o lo fui, al menos, hasta que jubilé y me dediqué a mis cosas... hace ya bastantes años.

          INTI
¿Qué cosas?

          ELENA
No van al caso.

          INTI
¡Pareciera que nada va al caso! Vamos señora Elena, un poco de ayuda. La psicología, las clases... ¿le ayudaron a crear una supuesta máquina del tiempo?

          ELENA
Desde la psicología pueden surgir muchas preguntas de cómo afecta el tiempo en el ser humano y sus etapas en el desarrollo. Imagino que me puede haber ayudado en más de algo... Y en cierto sentido, si lo piensas bien, todos los psicólogos somos de alguna forma viajeros en el tiempo.

Inti ríe.

          INTI
¿Cómo así?

ELENA
Debemos retroceder, escarbar en el pasado e incluso cambiar la percepción del mismo...

INTI
Pero en términos de percepción.

ELENA
La mayor parte de la vida es percepción.

INTI
Pero eso no tiene repercusiones en el futuro, así que realmente no es lo mismo.

ELENA
Claro que sí. Esos cambios, cuando son bien conducidos por el psicólogo, poco a poco se ven reflejados en el presente y en el futuro. La persona cambia, por lo tanto su vida cambia.

INTI
Genial... pero a ver, señora Elena... vamos, por favor... al punto... a lo que vinimos... ¿Cómo fue capaz de crear una máquina del tiempo?... o más bien, ¿ese reloj? Porque supongo que cuando nos dijo que era capaz de viajar en el tiempo no se refería a eso en términos psicológicos, ¿verdad?

Elena ya está más tranquila nuevamente. Toma un trago de vino y se queda mirando la copa.

ELENA
Excelente vino. Hace mucho que no lo tomaba. ¿Carménère?

INTI
Merlot.

Inti toma la botella y la mira.

INTI
Ah no, tiene razón. CARMERENE. Buen paladar.

Inti suspira, toma un largo trago de vino imitando a Elena y continúa.

> INTI
> ¿Sabe?... Es muy difícil creer eso
> que dice...

> ELENA
> ¿Qué cosa?

> INTI
> Que su reloj sea una máquina del
> tiempo.

> ELENA
> Ah, claro. Lo sé. Por eso lo
> traje.

Elena le acerca su brazo para mostrarle el reloj. Inti lo observa.

> INTI
> Uff, ahí se ve que hay trabajo.

El reloj es pequeño, análogo y de oro, con un sólo botón al costado. La correa del reloj es de cuero y es ridículamente gruesa en comparación con el tamaño del reloj mismo. Cuenta con un cierto relieve, como si estuviera llena de un tejido de cables que la cruzan de lado a lado.

> INTI
> Vamos... Explíquenos un poco,
> ¿cómo pretende demostrar que los
> viajes en el tiempo son
> posibles... con un reloj?

> ELENA
> La manera más fácil es viajar en
> el tiempo.

Inti la mira sin comprender.

> INTI
> ¿Cómo? ¿Viajará ahora mismo, en el
> programa? ¿En Atalaya?

Elena mira su reloj.

> ELENA
> Sí. Ya es suficiente.

5 **INT. SALA ATEMPORAL - DÍA** 5

TEXTO SUPERPUESTO: Nombre: Virginia, Edad: 9 años, Año: 1997.

Una NIÑA ESCOLAR está sentada frente a cámara, en un sofá enorme, estilo vintage. La pared que se encuentra detrás del sofá tiene un papel mural con diseños y dibujos que evocan a los antiguos griegos.

Al lado del sofá hay un florero largo con un ramo de flores pomposas de color amarillo. Al otro lado hay un tocadiscos del que se escucha a Mozart (Piano Concerto N° 21, "La música del tiempo").

Es un lugar y un ambiente difícil de posicionar en términos de época.

La luz que llega al sofá pareciera pasar por una persiana.

La niña viste uniforme escolar y lleva mochila. Tiene los pies cruzados sobre el sofá y está jugando con una mascota virtual. Tiene labio leporino.

Toma aliento para hablar. Termina de alimentar a su mascota virtual y la deja a un lado, para dirigirse a cámara.

> NIÑA ESCOLAR
> Aunque aún no soy mayor de edad y me queda bastante para eso, si pudiera viajar en el tiempo, lo primero que haría es ir al pasado para evitar que se inventen los viajes en el tiempo. Creo que es un poder demasiado grande para cualquier persona.

Su mascota virtual suena. La niña la mira, sonríe y decide continuar con lo que estaba diciendo.

> NIÑA ESCOLAR
> No se puede jugar con la vida de las personas. Si las farmacias se coluden por su propio beneficio a costa de la salud de todos los chilenos, imagínate lo que harían si tuvieran el poder de viajar en el tiempo.

La mascota virtual vuelve a sonar. La mira, la toma y se decide a jugar nuevamente con ella, mientras sonríe.

Mira a cámara nuevamente.

                    NIÑA
          Eso haría yo. Y si fuera mayor,
          creo que con mayor razón tendría
          que hacer lo mismo. O quizás no
          debería viajar para nada... En los
          adultos sí que no se puede
          confiar.

6   **INT. SET DE TV, TALK-SHOW ATALAYA - NOCHE**   6

    Continúa la conversación entre Inti y Elena. Inti sigue
    incrédulo y sarcástico.

                    INTI
          ¿Qué necesita que haga para que
          pueda viajar? ¿En qué la ayudo?

    Elena titubea y comienza a buscar en su cartera.

                    ELENA
          Supongo que puedo quedarme un poco
          más. Sólo un poco más.

                    INTI
          Por supuesto. ¿Por qué no?,
          ¿verdad?

    Encuentra un sobre y se lo entrega a Inti, quien lo abre
    y comienza a leer.

                    ELENA
          Como te dije, vine a conocerte,
          Inti, así que podremos esperar un
          poco más.

    Cuando Inti entiende lo que está leyendo, mira a Elena
    sin decir nada. Inti toma asiento nuevamente. Elena
    sonríe.

                    INTI
          No entiendo.

    Inti observa a Elena expectante, con el documento en
    mano.

                    INTI
          ¿Qué es esto?

    Inti sacude el documento frente a Elena mientras no puede
    evitar su sonrisa sarcástica. Elena se sienta frente a
    él.

ELENA
No alcancé a conocer a mi padre biológico, porque falleció cuando yo aún no nacía. Mi madre nunca superó su muerte y se quitó la vida, por lo que yo crecí con otra familia. Ellos me educaron, me dieron un lugar para dormir, alimento y me cuidaron como si fuera realmente su hija.

Silencio. Ambos toman un trago largo de vino. Inti la observa sin decir nada.

INTI
Lo siento mucho, de verdad que sí.

ELENA
Lo he pensado mucho. Y si bien, estoy muy agradecida de lo que ellos hicieron con mi vida... de todo lo que han hecho por mí...

INTI
Pero esto... A ver..., espérese...

Inti se pone de pie.

INTI
Con esto, ¿usted me está diciendo que viene del futuro?

Inti mira a cámara, como queriendo explicarle a su público.

INTI
Esto es una supuesta prueba de ADN del futuro... que dice básicamente que la señora Elena...

Mira a Elena.

INTI
Usted... ES MI HIJA.

Se escucha una música humorística.

INTI
A ver... para que eso fuera cierto, usted tendría que venir del futuro...

> ELENA
> Con todo lo que mi familia adoptiva hizo por mí, nunca he podido dejar de pensar en qué pasaría si pudiera salvar la vida de mi padre. Si pudiera salvarte a ti...

> INTI
> Perdón, pero me va a tener que explicar mucho más que eso si pretende que le crea algo de todo esto. Esto sí que no lo habíamos visto antes en Atalaya!

Inti respira hondo y vuelve a estar serio.

> INTI
> Comencemos desde el principio... ¿De qué murió su padre, señora Elena?

Largo silencio. Elena va a levantar la copa de vino, pero por los nervios bota la botella y esta cae al piso. Elena se altera.

> ELENA
> Disculpa, perdón... No quise...

El ASISTENTE DE PRODUCCiÓN DE PELO CAFÉ OSCURO se acerca y comienza a limpiar y ordenar rápidamente.

> INTI
> No se preocupe. Una vez, un invitado vino acá con un perro. Y se podrá imaginar que la mesa está a la altura perfecta de la cola de un Border Collie... Era cosa de tiempo nada más.

Elena sonríe y agradece la calma entregada.

> INTI
> Y no fue una sola vez, ni una sola cosa... El perro no podía soportar que nos quedáramos quietos ni un segundo...

> ELENA
> Gracias.

> INTI
> Supuestamente era grande, maduro y había sido entrenado.

                    ELENA
          Quizás sólo quería comer algo. O
          quizás, no sé... he leído que
          también es una forma de llamar la
          atención, como los niños.

Silencio.

                    INTI
          Perdón. Entonces, ¿de qué murió su
          padre, señora Elena?

                    ELENA
          Lo importante realmente no es de
          qué murió. Lo importante para mí
          era saber si podía hacer algo al
          respecto.

                    INTI
          Salvarlo.

Elena asiente, avergonzada.

                    INTI
          Claro, pero me imagino que una
          cosa es muy importante para la
          otra...

Elena toma con cuidado su copa.

                    INTI
          ¿Quiere un vaso de agua?

                    ELENA
          No, no. Está bien.

Inti hace un gesto a la producción y le ponen un vaso de
agua al lado de su copa de vino y otra botella cerrada.

                    ELENA
          ¿Pueden dejar abierta la botella
          de todas maneras?

Inti se incomoda, pero asiente mirando detrás de cámara y
llega el asistente a descorchar la botella.

                    ELENA
          No estoy borracha, ¿sabes? Tengo
          un hígado impresionante.

                    INTI
          Eso sí es algo que tenemos en
          común.

Ambos se ríen.

      ELENA
  Perdón. Sólo estoy nerviosa.

      INTI
Me imagino, no debe ser fácil creer que usted es una viajera del tiempo, que viene del futuro y que yo soy su padre.

Inti vuelve a sacudir el papel. Elena lo mira molesta. Claramente no era eso a lo que se refería.

      ELENA
Claro.

      INTI
¿Entonces?

      ELENA
Algo interesante que pasa con el tiempo, al menos cuando ya sabes que es posible, es que tienes que comenzar a pensar en las posibilidades reales sobre todo.

      INTI
¿A qué se refiere?

      ELENA
Las posibilidades reales son muy diferentes a las posibilidades hipotéticas...

      INTI
¿Por ejemplo?

      ELENA
Por ejemplo, ¿qué harías tú si pudieras salvar una vida ahora mismo?

      INTI
Si puedo, claro que la salvo.

      ELENA
Por supuesto que la salvas, sí. Si viajas en el tiempo, estarás en otro momento que considerarás como un nuevo "aquí y ahora". Entonces, debes plantearte de antemano si quieres salvar esa vida o no.

INTI
Claro, entiendo.

ELENA
¿Qué es lo moralmente correcto?

INTI
OK, está bien, pero ese momento ya pasó.

ELENA
Para ti. No para ellos. El concepto mismo de que algo "ya pasó" está basado en la idea de que el tiempo es inevitable. Pero eso cambia cuando puedes viajar en el tiempo y tomar nuevas decisiones sobre él.

INTI
Entonces, ¿está convencida de eso?

ELENA
Por supuesto.

INTI
Me refiero a que... ¿está convencida de toda esta historia? ¿De que es verdad que puede viajar en el tiempo y además salvarme de algo aparentemente inevitable?

ELENA
Sí, por supuesto.

INTI
¿Absolutamente segura?

ELENA
Absolutamente.

Inti se pone de pie y camina hacia cámara, alzando la carta que le entregó Elena.

INTI
En realidad, lo siento, pero no hay nada que pueda hacer para convencerme de esto. Simplemente lo veo demasiado... demasiado... No es algo en lo que podría creer así sin ninguna prueba real.

ELENA
Pero este documento...

                    INTI
          No hay manera de verificarlo,
          señora Elena.

                    ELENA
          Es oficial.

Inti vuelve a mirar a cámara.

                    INTI
          Bueno, si es así, y con todo
          respeto, el supuesto hecho de que
          esto sea un test de ADN del futuro
          que indica que usted es mi hija y
          que viene a salvarme, implicaría
          que desde un principio nos mintió,
          ya que dijo que no había viajado
          en el tiempo anteriormente.
          Entonces cambió su discurso. Y
          como dice el dicho: "quien dice la
          verdad, no miente, o al menos, no
          lo necesita."

                    ELENA
          Es que en realidad no contaba con
          que compartiría esta información
          contigo... No era necesario para
          cambiar la historia y además, no
          me habrías creído.

                    INTI
          Ni tampoco lo hago ahora. Seamos
          realistas, ¿qué clase de documento
          que tenga una fecha del futuro
          podría considerarse como real?

Elena está incómoda.

                    INTI
          Yo sé que suena emocionante, sí.
          Pero hay que ser objetivos. Hemos
          visto cosas raras en este programa
          y esto no deja de ser otra cosa
          rara más. Y ni siquiera da para
          clasificarlo como algo raro. Es
          más bien una simple mentira, sin
          ánimo de ofender. Es... es otra
          chiva no más...

Inti toma un trago de vino.

                    ELENA
          El documento es legítimo, oficial
          y cien por ciento real.

                    INTI
          Parece legítimo. Pero nada más. La
          fecha es de... como de 90 años en
          el futuro.

                    ELENA
          Así es.

                    INTI
          ¿Cómo es eso? ¿No me va a decir
          que tiene más de 90 años?

                    ELENA
          90 años, precisamente.

                    INTI
          ¡Eso sí que no se lo creo! Si es
          así, ¡la felicito!

Elena sonríe agradecida.

                    ELENA
          Pues es verdad. Gracias.

Silencio.

                    ELENA
          ¿Tu esposa está embarazada?

Inti respira profundo.

                    INTI
          Eso no es prueba de nada.

                    ELENA
          Claro que sí.

                    INTI
          ¿Y qué hacemos con esa
          información? ¿Se supone que ese
          bebé sería usted?

                    ELENA
          ¿Por qué no?

                    INTI
          ¿En serio?

Silencio.

> INTI
> Además, es niño. HOMBRE. Recién ayer supimos y al parecer aún no le llegó esa información a la prensa.

> ELENA
> ¿Cómo? ¿Es hombre?

> INTI
> Ayer nos dijeron.

> ELENA
> ¿Quién les dijo? Pero recién está embarazada... ¿Cómo pueden saber? ... No, no pueden estar cien por ciento seguros...

> INTI
> Con la tecnología de hoy se puede saber.

> ELENA
> Pero a veces se equivocan, ¿no es cierto? No están cien por ciento seguros de que sea hombre... Es muy pronto para estar seguros.

> INTI
> Mire, lo siento. Aunque así lo fuera, "Elena" nunca fue una opción de nombre.

Silencio. Ambos toman de sus copas para calmarse.

> INTI
> Se llamará Carlos, como mi abuelo.

Inti guarda el documento en uno de sus bolsillos.

> INTI
> Y cuando pensábamos que podría ser mujer, pensábamos en Raquel, pero en ningún caso Elena.

Elena no responde.

> INTI
> Lo siento. Simplemente Elena nunca fue una opción.

ELENA
Pero eso podría cambiar si tú… murieras y finalmente el bebé es dado en adopción.

INTI
A ver. Si es niña y no niño, como nos dijeron los profesionales, además muero yo y mi esposa, y la niña que aún no tiene nombre es adoptada por otra familia... Dentro de esa posibilidad en un millón... no, en mil millones o más, mucho más..., supongo que las personas que la adopten le podrían poner el nombre Elena.

ELENA
Eso debe ser...

INTI
Además, ¿cómo obtuvo una prueba de ADN de su padre, si se supone que murió antes de que usted naciera?

ELENA
Supongo que suena muy difícil de lograr algo así en este tiempo...

INTI
No lo sé. La verdad es que no tengo idea. Pero, ¿por qué no trajo una prueba de ADN tomada ahora? Algo que podamos usar, con nombres de personas reales a las que podamos contactar.

ELENA
Tengo entendido que hoy en día no es tan fácil... Además, probablemente necesitaría de tu aprobación y la prueba de ADN era algo que yo necesitaba para mí. Para estar completamente segura de lo que estaba haciendo. Nunca pensé que sería necesario mostrártela. Créeme, lo consideré, pero no tenía tiempo para todo esto...

Inti se larga a reír a carcajadas.

INTI
¿Tiempo? La viajera del tiempo no tenía tiempo!... Y dice que necesitaba de mi aprobación para un test de ADN. ¿En el futuro no necesitaba de mi aprobación?

ELENA
Como ya te dije, en el futuro estás muerto.

INTI
Cierto, cierto. Que conveniente.

ELENA
No, en realidad. Para nada.

Elena mira su reloj y se pone de pie.

ELENA
Creo que ya es suficiente.

INTI
¿Suficiente para qué?

ELENA
Para viajar y demostrarte que sí soy tu hija.

INTI
¿Así no más?

Inti se pone de pie también y la sigue, sonriendo ansioso e incrédulo.

INTI
Yo me hubiera imaginado que cualquiera que sea capaz de crear una máquina del tiempo la escondería. ¿Por qué venir y presentarla al mundo? ¿Y por qué acá, en este humilde programa, y en Chile?

ELENA
¿Por qué no?

INTI
No sé, quizás porque estamos acostumbrados a que estas cosas pasen en Nueva York o algo así.

ELENA
Eso es ficción. Yo estoy hablando de algo real.

INTI
Hasta que lo demuestre seguirá siendo ficción.

Elena mira su reloj y luego toma su bastón.

ELENA
¿Quieres que viaje o no?

INTI
¿Acá mismo? Ahora mismo?

ELENA
Por supuesto. A eso vine.

INTI
Entonces sí vino a demostrar que los viajes en el tiempo son posibles.

Elena toma su bastón con ambas manos y camina a cámara. Inti la mira nervioso y detrás de cámara le hacen señas.

INTI
Espere, espere, por favor.

ELENA
Ya tendremos tiempo.

INTI
Espere, por favor. Antes de seguir avanzando. Debo ser prudente... y debo hacer sólo una pregunta más antes de que viaje.

Elena se gira y lo observa, esperando que Inti continúe.

INTI
¿Qué debemos esperar, si efectivamente puede viajar en el tiempo?... ¿Va a desaparecer y va a volver? Mire que queda bastante del programa... ¿Qué se supone que haga después si no vuelve?... ¿Qué va a hacer, qué va a pasar ahora?

ELENA
Voy a viajar en el tiempo para cambiar mi historia...

> Y definitivamente nos volveremos a ver.

Inti se queda en silencio.

> INTI
> ¡Espere, espere!

Inti se levanta y se posiciona al lado de Elena.

> INTI
> Es que quiero estar al lado suyo cuando... cuando lo intente.

> ELENA
> No tan cerca, por favor.

Inti se aleja un poco de ella, intimidado.

> INTI
> ¿Aquí es seguro?

> ELENA
> Supongo.

Inti frunce el ceño y preocupado da un paso más atrás.

> INTI
> Por favor. Proceda.

Hace un gesto con las manos para que Elena continúe. Elena aprieta fuertemente su bastón y levanta la mirada, totalmente erguida.

> ELENA
> Gracias Inti, por todo...

Se sonríen mutuamente.

> ELENA
> Hoy, aquí y ahora, frente todos ustedes..., yo, Elena Grajales, viajaré en el tiempo...

Elena se arregla el pelo.

> ELENA
> En 3...

Inti respira hondo.

> ELENA
> 2...

Elena acerca su reloj a su rostro para verlo mejor.

      INTI
  ¿Cree que hay un riesgo de muerte?

Silencio.

      ELENA
  Créeme, CONMIGO acá no hay riesgo
  de muerte.

Elena continúa casi incomprensible. Inti da un paso atrás.

      ELENA
    (susurrando)
  Uno...

Elena aprieta el único botón que tiene su reloj.

Un sonido profundo comienza a emerger y las luces comienzan a parpadear. El sonido va incrementándose poco a poco hasta que:

¡BUUUUUUUUUM!

Un ruido estruendoso satura todo el espacio.

Inti cae al piso del susto. Las luces del estudio comienzan a estallar una a una hasta quedar casi completamente a oscuras. La única luz que queda encendida es la de la lámpara de la mesa de centro, la que apenas alcanza para hacer notar sus rostros, y parpadea erráticamente.

De pronto, el sonido metálico se detiene, todo queda en silencio por unos segundos. Inti y Elena están absolutamente quietos, hasta que...

¡PAF! La ampolleta de la lámpara de la mesa de centro estalla y todo queda completamente a oscuras.

            CORTE A NEGRO.

7 **INT. SALA ATEMPORAL - DÍA**   7

TEXTO SUPERPUESTO: Nombre: Alejandro, Edad: 46 años, Año: 1975.

Un FOTOGRAFO está sentado frente a cámara, en la misma sala y el mismo sofá enorme, estilo vintage.

En el tocadiscos, seguimos escuchando a Mozart (Piano Sonata N° 16 in C Major).

El hombre viste una chaqueta y pantalones de color gris y una camisa azul con el último botón abierto y cuello grande. Tiene el pelo largo y patillas. Se ve muy cuidado. Del cuello le cuelga una cámara de fotos.

Está fumando y tira las cenizas en cenicero de piedra que está al lado del florero. El cigarro en su boca deja ver que también tiene labio leporino.

Está relajado como si llevara mucho rato pensando en la respuesta. Tiene las piernas cruzadas y está recostado, buscando las palabras correctas.

El hombre habla, mirando detrás de cámara.

    FOTOGRAFO
  ¿Puedo llevar lo que quiera?

El hombre asiente, como si hubiera escuchado la respuesta.

    FOTOGRAFO
  Es una pregunta compleja... pero
  en definitiva... creo que ... sí.
  Si pudiera viajar en el tiempo,
  aunque sea una única vez,
  definitivamente me iría de aquí.

Fuma, bota las cenizas del cigarro y piensa unos segundos más antes de continuar.

    FOTOGRAFO
  Buscaría un lugar tranquilo y me
  iría con mi esposa y mis hijos.
  Tengo dos niños y... me gustaría
  que vivieran tranquilos, en un
  lugar como...

Mira a través del lente de la cámara. Está revisando que todo funcione perfectamente.

    FOTOGRAFO
  Viajaría a Italia. Iría a los
  mejores tiempos del aceite de
  oliva, del famoso oro líquido.
  Aprovecharía mis conocimientos del
  futuro para lograr tener lo
  suficiente para vivir y educar a
  mis hijos ahí. Nada más que eso,
  lo justo y necesario.

>   Viviríamos tranquilos, en una
>   pequeña viña que nos dé lo
>   suficiente para vivir bien y tomar
>   un buen vino. Y todos estarán
>   invitados a celebrar con nosotros
>   cuando quieran.

Hace una pausa. Fuma.

>   FOTOGRAFO
>   Piénsalo, un paisaje inigualable y
>   una vida extraordinaria con los
>   que más quieres... Y por supuesto
>   que me llevaría la cámara y lo
>   documentaría todo.

Apaga el cigarrillo y le saca la tapa al lente de su cámara.

>   FOTOGRAFO
>   Imagínate lo que sería para mis
>   hijos crecer con esos recuerdos...

Apunta con su lente directamente a cámara, a quienes lo entrevistan y ¡Click!, se escucha el obturador.

Sonríe mientras se queda revisando su cámara. Pasa el rollo para dejarla lista para una próxima foto.

8 **INT. SET DE TV, TALK-SHOW ATALAYA - NOCHE**   8

Se enciende la luz de la lámpara de la mesa. Un ASISTENTE DE PRODUCCIÓN RUBIO está apretando la nueva bombilla. Otras luces vuelven a encenderse, pero se mantiene una luz tenue, nada parecido a la iluminación inicial.

Elena se mueve desesperada de lado a lado caminando con su bastón, que ahora tiene la cabeza metálica, toma una copa de vino al seco. El asistente de producción rubio se acerca nuevamente a la mesa para llenar las copas. Llega con una botella de vino que ahora tiene una etiqueta blanca.

>   INTI
>   Yo sé que es lamentable, pero...

>   ELENA
>   ¿Lamentable? Esto no es
>   lamentable. Es algo mucho peor...

>   INTI
>   Vamos, todos nos podemos
>   equivocar.

> Sabíamos que esto podría pasar y
> usted... usted también sabía que
> esto era una posibilidad. De
> hecho, era lo más probable que
> ocurriera.

                    ELENA
> A veces no es una opción que las
> cosas no funcionen como debieran.

Elena sigue de lado a lado, revisando su reloj y mirando alrededor, como buscando una respuesta.

                    INTI
> Tome asiento, por favor, señora
> Elena.

Elena sigue dando vueltas, preocupada.

                    INTI
> Por favor, señora Elena. Busquemos
> las respuestas que ambos queremos
> y... aprovechemos de conocernos un
> poco más.

Elena se detiene en seco.

                    ELENA
> ¿Conocernos?

                    INTI
> Usted dijo que quería conocerme,
> ¿verdad? Y yo estoy acá para
> conocerla un poco más a usted.

Elena se sienta sin soltar su bastón.

                    INTI
> Gracias.

Elena se queda en silencio. Inti suspira y continúa.

                    INTI
> ¿Cuál es el problema, entonces?
> ¿Cómo le ayudo, señora Elena?

Elena lo mira con desconfianza. Respira profundo.

                    ELENA
> Hace muchos años, cuando estudiaba
> en el colegio, tuve la suerte de
> haber participado de diferentes
> clases y obras de teatro.

Recuerdo en particular aquellas clases en las que teníamos que acostarnos en el suelo a gritar cualquier emoción que sintiéramos en el momento.

INTI
A quién no le gustaría tener ese tipo de momentos ahora, ¿verdad? Esos en los que soltamos todo. Un privilegio de ser cabro chico.

ELENA
Sin duda. Pero además de gritar las emociones, me encantaba todo lo que tenía que ver con la improvisación. Es más, yo era fatal para aprenderme los textos y siempre dejaba esa parte del trabajo para el final, para muy poco antes de presentar la obra en la que estábamos trabajando.

INTI
Debe haber sido terrible para sus compañeros de curso.

ELENA
Igual lo pasábamos muy bien. Lo que más me gustaba de la improvisación era esa parte en la que todos tenían que seguir tu idea, o tú seguir la de ellos. Confiar en que la otra persona que está frente a ti sabe lo que hace y lo que dice, aunque no sea lo establecido en el guión.

INTI
Eso no significa necesariamente que tenga que aceptar todo lo que dice.

ELENA
Claro que significa eso. Es exactamente eso.

Inti sonríe. Sabe a lo que Elena se refiere.

ELENA
Quisiera pedirte que te pongas en mi posición por un momento, Inti.

> Aunque no creas en nada de lo que digo, quiero pedirte que finjas que sí lo haces, sin juzgarme. Por favor. Simplemente te pido que por un momento juguemos a la improvisación, te dejes llevar por la emoción y te abras a la posibilidad...

Inti no responde.

ELENA
Por un momento, ten un poco de fe.

INTI
Estamos aquí justamente en la búsqueda de algo un poco más concreto que la fe.

ELENA
Simula entonces, aunque sea un momento. Si me quieres ayudar, eso es justamente lo que necesito ahora.

INTI
Ya me abrí a la posibilidad y no pasó nada. Sólo se apagaron las luces. Un truco para nada menor. Sobre todo pensando que lo hizo con un simple reloj. Pero que no tiene nada que ver con los viajes en el tiempo. Simplemente como una interferencia o algo así. Lo siento, la puedo ayudar, pero no me pida que crea en algo que por supuesto no ha podido demostrar.

ELENA
Es sólo un juego, Inti... Necesito entender por qué no funcionó el reloj. ¿Realmente crees que fue sólo una interferencia y nada más?

INTI
¿Realmente cree que puede viajar en el tiempo y que usted es mi hija?

Inti toma un trago de su copa. Ve que la copa de Elena está vacía y la rellena.

> INTI
> OK, OK. Hagamos el ejercicio... Aunque sabe que siempre la demostración será la respuesta definitiva. "Ver para creer".

Ambos sonríen. Elena está agradecida por la oportunidad.

> INTI
> Entonces, nos pondremos en la situación en la que los viajes en el tiempo sí son reales y que usted sabría cómo viajar.

> ELENA
> Gracias.

> INTI
> Bueno. ¿Cómo se supone que le ayuda esto para poder viajar en el tiempo? Qué sigue entonces a partir de este supuesto?

> ELENA
> Como dijo la famosa historiadora Lilia Choca: "recapitulemos para entender, solucionar y no volver a repetir jamás".

> INTI
> OK... ¿Cómo empezó todo, entonces?

> ELENA
> Para comenzar, al descubrir la manera de viajar en el tiempo, sin saber realmente como funcionan los viajes en el tiempo o sus repercusiones, debes suponer que podrás viajar UNA ÚNICA VEZ. Por lo tanto, la decisión de qué hacer esa única vez, es muy difícil de tomar.

> INTI
> ¿Por qué sólo podría viajar una sola vez?

> ELENA
> Después puedes ver qué más hacer si todo sale bien.

> INTI
> ¿Si todo sale bien?

ELENA
Por supuesto. Todo dependerá de cómo repercutan los cambios del primer viaje. No puedo pretender que tendré la fortuna de llegar y viajar a donde y cuando quiera cuantas veces quiera. Tengo que comenzar por pensar que sólo podré hacerlo una única vez.

INTI
Creo que entiendo.

ELENA
Además, está el tema de la edad... Haga lo que haga, sigo haciéndome más vieja... Aunque retroceda mil veces para cambiar mis hábitos alimenticios, curar mis enfermedades o evitarlas antes de que aparezcan o cualquier otra cosa. Haga lo que haga, el tiempo terminará por alcanzarme.

Se cubre la mano derecha que comienza a tiritar.

INTI
Lo ha pensado mucho.

ELENA
Por supuesto.

INTI
Entonces, según entiendo, las posibilidades y los riesgos son muchos.

ELENA
Incalculables. Hay riesgos que puedes pretender controlar, pero otros que simplemente no conoces. Primero, hay que entender a ciencia cierta cómo funciona, y para eso hay que viajar, tener la experiencia. Porque en este caso la teoría no es para nada suficiente. Por eso, sólo puedo pretender que puedo viajar una sola vez.

INTI
Muy dramática su forma de pensar.

ELENA
¿No pensaban lo mismo los hermanos Wright? Quizás su primer vuelo podría ser su último... Hay variables y riesgos que sólo conocerás en la práctica... Entonces, ¿pensaron acaso en el lugar donde volarían por primera vez? ¿Pensaron que realmente podría ser también su última vez? ¿O soy sólo yo quien piensa así?

INTI
Poniéndome en el caso de que es posible el viaje en el tiempo... debo entender entonces que es altamente riesgoso? ¿Deberíamos preocuparnos si finalmente puede activar su reloj y logra viajar? Después de todo, lo de las luces fue con cuática. Y si fuera cierto, ¿qué más podría pasar?

Inti sonríe. No cree nada de lo que está diciendo.

ELENA
¿Qué viaje no es riesgoso? ¿Qué medio de trasporte no fue altamente riesgoso en su proceso de invención?

INTI
¿Lo considera un medio de trasporte?

ELENA
No veo por qué no. Los viajes en el tiempo han sido un sueño histórico, pero no por eso es más que eso, un viaje.

INTI
Pero con efectos y consecuencias.

ELENA
Muy posiblemente. Cómo cualquier viaje.

INTI
No todos los viajes tienen consecuencias tan terribles como las que podría tener un viaje en el tiempo.

> Si fuera posible viajar en el
> tiempo, habría que pensar muy bien
> a dónde y a qué tiempo viajar.

Elena saca una bolsa de maní de su cartera y la pone en la mesa de centro.

                ELENA
> Disculpa, pero no sé cuantas horas
> habrán pasado desde mi última
> comida.

Elena le acerca la bolsa de maní. Inti toma un puñado de maní y Elena deja la bolsita en la mesa.

                INTI
> Usualmente cenamos con el invitado
> antes del programa y una vez que
> comenzamos, sólo contamos con
> vino. Y como usted llegó de
> imprevisto...

Elena no dice nada.

                INTI
> Veré que podemos hacer.

Inti hace un gesto detrás de cámara.

                ELENA
> Gracias, Inti.

                INTI
> Un placer.

                ELENA
> Entonces, así como yo me lo he
> cuestionado durante un largo
> tiempo, te hago la pregunta a ti,
> para que realmente puedas ponerte
> en mi lugar.

Inti queda expectante. Elena, a pesar de estar hablándole a Inti, pareciera estar dirigiéndose al público televidente.

                ELENA
> Si tuvieras la posibilidad de
> viajar en el tiempo una única vez,
> ¿qué harías?, ¿a dónde irías y
> por qué?

9 INT. SALA ATEMPORAL - DÍA   9

TEXTO SUPERPUESTO: Nombre: Willian Edad: 35 años, Año: 2022.

Un NOVIO (35 años) mira directamente a cámara, sentado en el enorme sofá vintage. Viste formal, y tanto su pelo rubio como su ropa están totalmente desordenados, como si viniera llegando de su matrimonio. Tiene labio leporino.

En el tocadiscos, sigue sonando Mozart con "Ave verum corpus".

Lleva ropa ajustada: camisa blanca, pantalones y vest de color azul, junto con unos nuevos zapatos café. Usa un anillo de matrimonio en su mano izquierda. Una mascarilla. Se la saca y se la guarda en su bolsillo de la chaqueta. Además, tiene en sus manos una botella de agua.

                    NOVIO
          Creo que fue Mahatma Gandhi quien
          dijo alguna vez: "hay más en la
          vida que simplemente aumentar su
          velocidad".

Toma un poco de agua.

                    NOVIO
          ¿Por qué es tan llamativa la idea
          de viajar en el tiempo? ¿Qué es
          eso que ansiamos tanto, que
          estamos dispuesto a todo por ello?

Hace girar su anillo de matrimonio.

                    NOVIO
          Si pudiera viajar en el tiempo,
          creo que me preocuparía de no
          perder el tiempo en tantas cosas
          que no valen la pena.

Se arregla la corbata y se queda mirando su anillo.

                    NOVIO
          Quizás volvería al día de ayer.
          Volvería a vivir el día de mi
          matrimonio. Una y otra vez. Si
          pudiera viajar en el tiempo,
          volvería a rescatar cada minuto
          perdido y lo viviría a concho...
          Porque todo lo bueno pasa muy
          rápido...

>   Al final, nada es más importante
>   que eso, ¿cierto? ¿Rescatar el
>   presente?

Se queda quieto, mirando al infinito, reflexionando.

>   NOVIO
>   Rescatar el presente. Me gusta.

Sonríe.

10   INT. SET DE TV, TALK-SHOW ATALAYA - NOCHE   10

Inti y Elena están sentados en un mesón tipo bar, que está al costado del set. Frente a ellos, el mesón está lleno con una tabla de quesos y frutos secos. Además, hay una botella de vino tinto con etiqueta blanca y sus dos copas. Inti ahora viste una camisa de franela con estampado.

>   INTI
>   Propongo lo siguiente. ¿Por qué
>   mejor no nos cuenta cómo es que
>   comenzó todo esto de los viajes en
>   el tiempo?

Elena levanta la mirada.

>   ELENA
>   Piensas que estoy loca...

>   INTI
>   Sólo propongo que hagamos un viaje
>   en su historia, tal cual lo
>   mencionó antes. ¿Quizás podemos
>   entender mejor su pasado y con eso
>   ayudarle con su presente y futuro?

>   ELENA
>   ¿No hay nada que pueda hacer para
>   que cambies de opinión, Inti?

>   INTI
>   Por favor. Volvamos al comienzo y
>   permítame conocerla un poco más.

Elena acepta con un movimiento de cabeza.

>   ELENA
>   Primero, permíteme conocerte un
>   poco más a ti...

Inti sonríe amable, toma un trago de su vino.

INTI
Adelante.

ELENA
¿Con qué sueñas por las noches?

INTI
Sueño con encontrar la verdad...

ELENA
Lo pregunto en serio. ¿Cuáles son tus sueños?, ¿qué esperas de tu vida?

INTI
Yo contesto, pero después me cuenta lo que le pregunté...

ELENA
Promesa.

INTI
La verdad es que sueño con que todo siga más o menos igual. Tengo una esposa maravillosa. Llevamos casi 6 años juntos, un año de casados, una perrita hermosa y ahora viene en camino un cuarto integrante de la familia. Quizás es muy cursi, ñoño o como quiera clasificarlo. Pero sólo sueño con que seamos muy felices juntos, por el resto de nuestras vidas.

Elena se emociona, se toma su tiempo para hablar y cumplir con su promesa. Respira hondo.

ELENA
Cuando era una niña, desde muy pequeña, solía ver y leer todo lo que tenía que ver con viajes en el tiempo. Por antiguo que fuera. Lo veía y lo leía todo. Claro que sólo de ficción. Jamás se me ocurrió investigar cómo podrían funcionar realmente los viajes en el tiempo. De todas formas, creo que es algo que de alguna manera u otra siempre ha estado en mi vida.

Inti la mira con atención.

INTI
Como muchos niños, me imagino.

ELENA
Y con eso llegaron a mí unos sueños que marcaron en gran medida lo que más adelante me llevaría a la posibilidad real de viajar en el tiempo... Pareciera que todo está conectado y suma en su justa medida.

INTI
¿Qué sueños?

Se escucha una música desde el estudio para acompañar el momento y la luz se vuelve más tenue, dejando a Elena como centro de atención, muy teatralmente.

INTI
Deléitenos, por favor.

Elena se vuelve a poner un poco nerviosa. Toda la atención está en ella. Respira hondo antes de continuar y toma firme su bastón.

ELENA
Viví toda mi infancia en el campo, en una parcela en medio de la nada. Y mi pieza era prácticamente todo el segundo piso... Recuerdo que nunca tuve cortinas, no sé bien por qué... En todo caso, nunca me importó. La vista era hermosa, daba a todo el campo, los árboles frutales, el cerro... A todo y a nada al mismo tiempo. Realmente era una vista excepcional... A veces subía al techo simplemente a relajarme con el aire puro y el paisaje, sin siquiera imaginarme lo que después extrañaría ese lugar, esa vista y ese aire.

Elena está abstraída contando su historia. Inti está muy atento. Los ojos de Elena brillan como nunca y sus manos representan muy expresivamente cada uno de los espacios de los que habla.

Mientras Elena habla, Inti se va acercando cada vez más a ella.

ELENA
En mi closet... de esos grandes y largos en los que puedes caminar.

>   Ese closet daba directamente al
>   entretecho de la casa. Ahí estaban
>   todas mis pertenencias, pero
>   además, era un closet que ocupaban
>   mis padrastros para guardar ropa
>   de otras temporadas y cosas que
>   simplemente había que guardar por
>   algún motivo que nadie realmente
>   entendía. Era un closet muy grande
>   y lleno de tesoros de todo tipo.

Elena hace una pausa y se da cuenta de que Inti está muy concentrado. Le sonríe agradecida. Como Inti está más cerca, ella comienza a hablar más bajo. Están en una situación más íntima. La tenue iluminación que hay los acompaña.

>   ELENA
>   Justo detrás de esa ropa anticuada
>   que estaba colgada al fondo del
>   closet porque nadie la usaba
>   nunca, había una puerta que
>   llevaba al entretecho de la casa.
>   Un lugar al que entré muchas veces
>   en mi infancia, inventando juegos
>   de todo tipo... Era como una
>   especie de lugar secreto para mi.
>   Aunque, por supuesto, todos sabían
>   que existía porque también entraba
>   con mis hermanos, primos y amigos
>   cada vez que podíamos.

Entra UNA ASISTENTE DE PRODUCCIÓN DE PELO LARGO a rellenar las copas de vino. Ambos se incorporan y esperan a que se retire. Elena toma un trago de vino, come unos frutos secos y vuelven a acercarse a Inti para seguir hablando bien cerca y en voz baja.

>   ELENA
>   El punto es que en uno de mis
>   sueños, esa puerta se transformaba
>   en un portal por el que podía
>   viajar a cualquier lugar del mundo
>   y en cualquier momento de la
>   historia, pasado o futuro.

Inti abre los ojos de emoción. Está totalmente encantado por el sueño de Elena.

>   INTI
>   Yo casi nunca sueño...

ELENA
Un día decidí usar el portal Y aparecí en un mercado en China. No estoy segura del año, pero eran unos pasajes llenos de gente que no hablaba ni un poco de español.

Las arrugadas manos de Elena comienzan a tiritar. Cubre una con otra y vuelven a estar calmadas.

ELENA
Fue una experiencia increíble, emocionante y muy... única... Hasta que quise volver a mi casa.

INTI
¿Por qué?

ELENA
En algún momento me di cuenta de que no podía controlar a dónde iría ni en qué año aparecería.

INTI
Y entonces, ¿cómo lo hizo para volver?

ELENA
Cada vez que cruzaba el umbral aparecía en algún año y ciudad lejana a mi presente, a mi casa y mi familia. Y yo era una niña solamente.

INTI
Qué potente perder tanto el control, ¿verdad? qué angustiante...

ELENA
Después de intentarlo tantas veces como pude, finalmente aparecí en Valparaíso, solamente unos 10 años en el futuro... Y decidí darme por vencida... y tomar una micro para llegar a mi casa.

INTI
Pero no estaba en su tiempo, usted estaba en el futuro...

Ambos toman un trago y se incorporan. Inti vuelve a sentarse correctamente y Elena comienzan a hablar más fuerte, como para todos.

                    ELENA
          Lo sabía, pero no podía seguir
          arriesgándome a la posibilidad de
          no llegar nunca. Las posibilidades
          eran infinitas. Para aparecer en
          un tiempo similar al que vivíamos
          podría intentar toda una vida y
          aún así no lograrlo.

Elena toma un trago de vino.

                    ELENA
          Cuando por fin llegué a mi casa,
          toda mi familia salió a recibirme.
          Todos estaban muy emocionados.

                    INTI
          Me imagino. No es para menos.

                    ELENA
          Mis padrastros estaban más viejos,
          mi hermano mayor ya era todo un
          adulto y mi hermana chica, quien
          era una pequeña niña cuando me
          fui, ahora había crecido y estaba
          más grande que yo.

                    INTI
          ¿Y qué pasó?

                    ELENA
          Los abracé a todos, con una
          satisfacción única. Lo recuerdo
          tan intensamente... Pero ellos me
          abrazaron más fuerte... porque
          para ellos yo me había ido por
          diez años.

Elena se emociona. Sus manos comienzan a tiritar, por lo
que pone una sobre la otra para ocultar sus nervios.

                    ELENA
          Mi madrastra me tomó de la cara,
          me miró un largo rato y me dijo
          que yo no había cambiado nada
          desde que había desaparecido, que
          seguía viéndome igual.

Elena ríe emocionada. Inti la sigue.

                    INTI
          ¿Y cómo le ayudó eso a descubrir
          los supuestos viajes en el tiempo?

ELENA
Si bien, es un sueño y nada más, diría que me ayudó a prepararme, a cuestionarme el posible impacto de los viajes y a considerar todas las variables.

INTI
¿Y el reloj? Pensé que tenía algo que ver con todo esto.

ELENA
Volvamos a TUS sueños, Inti...

INTI
Pero me preguntó de sueños personales y después me habló de sueños-sueños...

ELENA
En mi caso, van muy de la mano.

INTI
¿Cómo así?

ELENA
Me toca a mi.

INTI
Adelante.

ELENA
¿Qué harías por cumplir con tu sueño de una hermosa familia feliz?

INTI
Creo que lo mismo que haría cualquier padre.

ELENA
Cualquier BUEN PADRE. No cualquier padre.

Inti sonríe agradecido.

INTI
No sé específicamente qué quiere que le conteste. A veces, pareciera que me está empujando a contestar algo en específico...

                    ELENA
          Lo siento, sólo quiero conocerte
          un poco más.

                    INTI
          Estoy dispuesto a todo por mi
          familia. En el buen sentido de la
          palabra. Y a mi hijo me gustaría
          poder enseñarle todos los valores
          que mis padres me enseñaron a mí.

                    ELENA
          ¿El valor de la verdad, por
          ejemplo?

Inti se ríe.

                    INTI
          Por supuesto.

                    ELENA
          ¿Te consideras un buen padre?

                    INTI
          Aún no lo sé.

                    ELENA
          Cierto. Pero, ¿te encuentras
          preparado?

                    INTI
          Tanto como he pensado que podría
          estarlo. Más nervioso que
          preparado, pero lo suficiente como
          para hacer todo lo que esté en mis
          manos para que no le falte nada. Y
          para dedicarme día a día a él y a
          toda mi familia.

Elena le sonríe y toma de su vino, conforme.

                    ELENA
          El reloj llegó en otro sueño, ya
          de adolescente...

                    INTI
          ¿En otro sueño? ¿No cree que es
          demasiada suerte? Literalmente hay
          millones de científicos en el
          mundo tratando de descifrar los
          viajes en el tiempo y aquí usted
          soñando todas sus respuestas
          mientras duerme.

> Bueno, no sé si millones, pero
> deben ser muchísimos.

ELENA
> No es que sueñe las respuestas,
> sólo soñé preguntas importantes
> que de alguna manera me ayudaron a
> tomar ciertas decisiones.

Elena respira hondo para continuar.

ELENA
> Tendría 15 años quizás... El sueño
> comenzaba conmigo y con un reloj
> para viajar en el tiempo.

Ambos se acercan nuevamente el uno al otro para hablar de manera más íntima.

INTI
> Como el suyo.

ELENA
> Parecido. Cuando decidí utilizarlo
> por primera vez fui al pasado, a
> un tiempo indeterminado en donde
> todo se veía en blanco y negro,
> como esas películas realmente
> antiguas.

Elena comienza a explicar el sueño con los elementos de la tabla de quesos y frutos secos. Separa un queso y lo mueve a través de la tabla, indicando que ese queso es ella en la historia.

ELENA
> Cuando llegué a ese pasado
> cinematográfico, me encontré
> inmediatamente con una jauría de
> perros que al verme decidieron
> atacarme.

Separa 5 frutos secos, que "persiguen" al queso de Elena.

ELENA
> Mientras escapaba, salté la reja
> de un gallinero, donde terminé
> rodeada por los perros salvajes,
> que podían verme pero no
> acercarse... no recuerdo bien si
> fue en la caída de ese salto, pero
> recuerdo clarísimo que el reloj se
> rompió de manera irreparable.

Inti se acerca un poco más a ella. Elena hace una
separación para indicar la reja que separa a su queso de
la jauría de frutos secos.

                    INTI
          ¿No podía volver? ¿Como en el otro
          sueño y como dice que le está
          pasando ahora? Casi
          premonitorio...

Inti sonríe sarcástico. Elena se da cuenta de que le está
pasando algo similar.

                    ELENA
          No pude volver. Me quedaba
          atrapada en ese pasado para
          siempre. Estaba sola, en un lugar
          totalmente indeterminado del mundo
          y de la historia, para siempre.

Más frutos secos rodean al queso de Elena, hasta que no
quedan espacios por cubrir y el queso queda totalmente
encerrado. Ambos toman un trago de sus respectivas copas.

                    INTI
          y en blanco y negro.

Ambos ríen. Se vuelven a separar para hablar más
abiertamente y Elena se come su queso.

                    INTI
          Y el reloj. El de verdad. ¿Cómo
          funciona supuestamente?

                    ELENA
          Deja de decir "supuestamente", por
          favor. Ya todos tienen claro que
          no crees una palabra de lo que
          digo.

Inti llena ambas copas casi hasta el borde. Elena lo
observa sin decir nada.

                    ELENA
          En realidad esto es algo que no
          quiero explicar.

                    INTI
          ¡No lo puedo creer! Hemos llegado
          hasta acá y no quiere entrar en lo
          más importante... ¡Qué
          conveniente! ¡Esto podría ser lo
          que explicaría todo!

Inti se levanta, enojado. Elena lo sigue y toma su copa.

> ELENA
> Es por la conveniencia de todo el mundo.

> INTI
> ¡Nada más ni nada menos que por la conveniencia de todo el mundo! ¡Todo esto aquí exclusivamente en Atalaya!

Inti toma un trago de vino. Elena lo mira por unos segundos sin decir nada, hasta que se entrega a la emoción, casi a punto de llorar.

Mira a Inti con sus ojos vidriosos y luego baja la mirada como queriendo evitar que él la vea así de triste.

> ELENA
> (susurrando)
> No me estás ayudando, Inti. Dijiste que me ibas a ayudar.

11   INT. SALA ATEMPORAL - DÍA   11

TEXTO SUPERPUESTO: Nombre: Don Eulalio Edad: 80 años, Año: 1958.

Un HUASO ELEGANTE llega con su chaqueta impecablemente blanca, sus espuelas y su sombrero perfectamente cuidado. Tiene labio leporino. Se quita el sombrero y se sienta en el sofá, un poco incómodo.

Tiene una pequeña libreta en la que anota con una elegante pluma.

Mira el tocadiscos y se queda escuchando a Mozart con "Adagio in E Major", sin decir una palabra por un buen rato.

En la mesa lateral, hay una pequeña botella de tinta, la que usa para su pluma. Escribe un poco más en su libreta y mira a cámara nuevamente, como sorprendido de que sigan grabando. Se detiene.

> HUASO ELEGANTE
> Si existiera la posibilidad de viajar en el tiempo, ¿no crees acaso que ya lo sabríamos?

Va a seguir escribiendo, pero se interrumpe el mismo.

                    HUASO ELEGANTE
          Cuando tenía como 12 años, junto
          con mi amigo Casimiro nos ganamos
          nuestro primer Champion... En el
          club de huasos de Olmué creo que
          fue.

Se queda pensando unos segundos.

                    HUASO ELEGANTE
          Y después de eso llegamos más de 6
          veces a estar a un punto del
          campeonato nacional y lo ganamos
          un par de veces también. Dábamos
          miedo.

Se arregla la chaqueta y sonríe.

                    HUASO ELEGANTE
          Ahora administro más de diez mil
          hectáreas y tengo siete hijos.

Toma agua de un vaso que está en una de las mesas
laterales.

                    HUASO ELEGANTE
          Si tuviera que ir al pasado no
          cambiaría nada. Sólo me gustaría
          volver a correr y hacer collera
          una vez más con Don Casimiro.
          ¡Pucha que echo de menos a mi
          amigo! Tan bruto que era...

Le hablan detrás de cámara.

                    HUASO ELEGANTE
          Si tuviera que ir al futuro, sólo
          viajaría por curiosidad. A ver las
          familias que formaron mis hijos,
          conocer a sus hijos y los hijos de
          ellos. Claro que podría esperar,
          pero ¿para qué arriesgarme?. Si
          tuviera que ir al futuro, claro
          que me permitiría eso. ¿Qué más
          puede ser tan importante?

12   INT. SET DE TV, TALK-SHOW ATALAYA - NOCHE   12

Inti vuelve para tomar su copa de vino y ahora sigue a
Elena hasta el sector de las poltronas.

Las poltronas han cambiado y ahora son de color azul.
Elena se sienta.

Inti se acerca a ella y, quedando en cuclillas, le toma
las manos. Elena lo mira con desconfianza.

> INTI
> Perdón si he sido muy duro, pero
> para buscar la verdad, "beber y
> comer, son cosas que hay que
> hacer."

Elena sonríe.

> INTI
> Si buscamos la verdad, debemos
> enfrentarnos a ella sea cual sea.

> ELENA
> Nos guste o no nos guste.

> INTI
> A nosotros o a usted.

Elena e Inti sonríen juntos.

> ELENA
> Todo lo que he dicho es verdad,
> Inti.

> INTI
> Ya no estamos buscando la verdad
> sólo para las personas en sus
> casas, ni para mi, sino también
> para usted. ¿Me entiende, señora
> Elena?

Elena no responde.

> ELENA
> ¿Te puedes imaginar lo que pasaría
> si todo el mundo pudiera acceder a
> tener una máquina del tiempo?

> INTI
> ¡Las pinzas! Tampoco sería TODO el
> mundo, claramente.

> ELENA
> Peor aún. ¿Quiénes la usarían y
> con qué fines? ¿Las élites, los
> políticos, los grandes
> empresarios, los famosos, las
> potencias mundiales? Con todo lo
> que he vivido, ni siquiera puedo
> imaginarme lo que sería una guerra
> del tiempo.

Inti se levanta y se sienta en su poltrona.

      INTI
Honestamente no le veo la lógica. Viene a un programa de televisión a SUPUESTAMENTE viajar en el tiempo frente a cámara, pretendiendo cambiar la historia, pero dice que es irresponsable explicar cómo. Si realmente la vieran viajar en el tiempo en televisión, ¿no cree acaso que por lo menos alguien sería capaz de investigar y llegar a las mismas conclusiones que SUPUESTAMENTE llegó usted para lograr imitar el viaje en el tiempo? Paremos el leseo, por favor. ¿No sería eso igualmente irresponsable?

Elena no responde.

      INTI
No la entiendo, señora Elena. Ni mucho menos puedo estar de acuerdo con usted, lo siento.

      ELENA
¿Cómo podrías estar de acuerdo con algo que no entiendes?

      INTI
Señora Elena, ¿usted ha visto este programa antes, verdad?

      ELENA
No. Lo siento.

      INTI
¿Cómo? ¿Pero al menos lo conocía?

      ELENA
Muy poco en realidad. Casi nada, para ser honesta.

      INTI
No lo puedo creer. ¿Por qué vino entonces si ni siquiera nos ha visto una sola vez?

Elena sonríe cortés.

ELENA
(con vergüenza)
Ya te lo dije, Inti. Vengo del futuro a salvarte y a cambiar mi historia.

INTI
Claro, a salvarme. Si realmente eso cree, entonces deme algo más. ¿Cómo vamos a convencer a todas las familias en sus casas de que los viajes en el tiempo son posibles y una realidad?

ELENA
¿Te cuento lo de las torres gemelas?

INTI
¿Qué cosa de las torres...?

ELENA
...¿Te digo que los autos voladores no llegarán por un muy largo tiempo, mucho después de la llegada del nuevo milenio? ¿Que finalmente sí encontrarán a Paul Schäfer?... Aunque ninguna de esas cosas podrás verificarlas en el corto plazo. ¿Qué puedo decirte que te convenza completamente?

INTI
Muy complejo realmente.

ELENA
Y a ti que te gusta el fútbol, ¿qué pasa si te digo que Chile pierde en octavos de final con Brasil 4-1 en el mundial, pero que ganamos dos de los mundiales entre los nuevos 40's y 50's?

INTI
¡Ojalá pudiéramos llegar a jugar contra Brasil, porque para eso primero tendríamos que ganarle a Italia!

Elena sonríe.

ELENA
O empatar.

> INTI
> Pero claramente no será como dice.
> 4-1 es una tremenda apuesta.

> ELENA
> Como ya quedó claro con la prueba
> de ADN, nada de lo que diga al
> respecto del futuro será
> suficiente.

> INTI
> Claro que no. Y aunque pasara todo
> lo que dice, ¿cómo podría ser
> prueba suficiente de que viene del
> futuro? Hemos contado con
> invitados que dicen tener ciertas
> premoniciones, pero eso no los
> hace ser viajeros... Perfectamente
> podrían ser buenos calculistas del
> futuro jugando a las
> probabilidades, ¿verdad?

> ELENA
> Nada de lo que diga nunca será
> suficiente. Nunca.

> INTI
> Sin pruebas concretas, los
> argumentos son sólo palabras...
> Entonces, ¿no me queda más que
> pensar que no vino lo
> suficientemente preparada?
> Curioso, por decir lo menos.

> ELENA
> Claro que vine preparada. Se
> suponía que bastaría con mi reloj,
> y que no estaría tanto tiempo acá
> tratando de usarlo.

Elena mira su reloj nuevamente.

> INTI
> OK. No puede o no quiere explicar
> técnicamente como funciona. Al
> menos podrá contarnos CÓMO llegó a
> crear un reloj capaz de viajar en
> el tiempo, siendo sólo psicóloga y
> profesora...

ELENA
¿"Sólo" psicóloga y profesora? ¿Tú crees que con mis 90 años puedes definirme sólo como psicóloga y profesora?

INTI
Ya sabe a lo que me refiero...

ELENA
No, no tengo idea a lo que te refieres...

INTI
Usted es muy diferente a lo que cualquiera de nosotros podría imaginar para alguien que inventa una forma de viajar en el tiempo.

ELENA
A veces se me olvida que aún queda mucho por avanzar acá.

INTI
Ya sabe...

ELENA
Lo que puedo decir es que el viaje en el tiempo es un descubrimiento más que una invención. Y me parece sólo razonable que venga de alguien que no pertenece al contexto en donde se espera que se dé un descubrimiento de este tipo.

INTI
¿Cómo así? ¿Por qué?

ELENA
Cuando la ciencia y la tecnología pasan años discutiendo si algo podría o no podría pasar, están otras personas buscando la manera para que las cosas pasen... Y hay otras personas, como yo, que nos encontramos con respuestas a preguntas que apenas nos hemos alcanzado a plantear.
Quizás porque he sido SÓLO psicóloga y profesora es que las respuestas llegaron...

Quizás porque no tengo los mismos paradigmas y limitaciones por CREER entender tanto de eso que otros están buscando de manera tan sesgada.

                INTI
Como esos juegos de inteligencia que si no se resuelven en unos pocos minutos, ya casi es imposible resolverlos después.

                ELENA
Precisamente.

                INTI
Paradigmas...

                ELENA
Paradigmas.

Silencio.

                INTI
Entonces no tenemos nada. Es medio charcha, ¿no? Porque las palabras no son suficientes, por elocuentes que sean. "Del dicho al hecho hay mucho trecho."

                ELENA
Claro. Diga lo que diga seguirás inmerso en un paradigma que se estableció desde los inicios de la humanidad.

                INTI
¡Otra vez con lo mismo! ¿Qué paradigma?

                ELENA
El pasado no se puede cambiar.

                INTI
Pero dices que ahora sí se puede.

                ELENA
Claro, porque lo descubrí por error. Probablemente, si no hubiese sido por error, jamás lo habría descubierto. Y seguramente por lo mismo nadie lo ha hecho antes.

Un paradigma así es tan fuerte,
que puedes tener la solución
frente a ti y no serás capaz de
verla, y mucho menos de aceptarla.

INTI
No creo que sea tan así.

ELENA
Veamos, ¿puedo confiar en ti?

INTI
Podremos tener nuestras
diferencias, pero por supuesto que
puede confiar en mi.

Elena se saca su reloj, hace unos ajustes que le toman unos segundos y se lo pasa a Inti.

ELENA
Toma. NO puedes revisarlo, pero
puedes intentar usarlo tú mismo.
Sólo debes apretar el botón y
viajas. Estarás un minuto en mi
tiempo y volverás al programa.

Inti abre los ojos.

INTI
¿Así de fácil? ¿Y estaré en el
futuro?

ELENA
Si te funciona a ti, es así de
fácil.

Inti se queda mirando el reloj, como buscando la trampa.

INTI
¡Pero si ni siquiera funciona!

ELENA
Pero puedes hacer el intento... Si
no funciona, esto será sólo otra
anécdota más para tu programa.

Inti se ríe, nervioso. Mira detrás de cámara para saber qué hacer.

ELENA
Vamos. Ponte el reloj y hazme
caso.

Elena toma un trago de vino. Inti sonríe y le devuelve el reloj. Elena lo recibe y se lo pone inmediatamente, dejando claro que no existirá otra oportunidad.

                    ELENA
         Ese es justamente mi punto.

                    INTI
         Usted vino a este programa para
         que la pusiéramos a prueba a
         usted, no a mí.

                    ELENA
         Tenías la solución en tus manos.
         La respuesta a tu tan preciada
         verdad. Te presioné para que la
         usaras y aún así no fuiste capaz
         de ver más allá de tus paradigmas.
         Ese es mi punto. Tus creencias,
         tu ignorancia y miedos te
         paralizaron por completo. ¿Y tengo
         que decir algo que te pueda
         convencer de que los viajes en el
         tiempo son posibles?

Elena hace unos nuevos ajustes en su reloj.

                    INTI
         ¿Qué propone usted?

                    ELENA
         La única forma de demostrarlo es
         viajando acá en vivo y durante el
         programa.

                    INTI
         Fácil decirlo.

                    ELENA
         Por lo tanto, para mi bien y para
         tu preciada verdad, debo encontrar
         una solución para volver a hacer
         funcionar el reloj.

                    INTI
         OK, pero si encontráramos una
         solución... está demasiado calmada
         como para tener en cuenta que
         parte de los riesgos es
         desaparecer de la historia,
         colapsar al universo, explotar o
         quién sabe qué más.

ELENA
¿De dónde sacas que esos son los riesgos?

INTI
Es lo que siempre hemos visto...

Elena sonríe.

ELENA
Le tengo más miedo a la última parte.

Inti ríe cómplice. Vuelven a lograr una cierta armonía en la conversación.

INTI
¿A colapsar el universo o a explotar?

ELENA
No. A todo lo demás. Le tengo miedo a eso que ni siquiera consideramos posibilidad.

INTI
¿Miedo a lo desconocido? ¿A estar equivocada?

ELENA
A estar equivocada, por supuesto. No puedo estar segura de cómo funciona el tiempo y sus posibilidades. Más que nada, porque a pesar de haber leído o investigado, soy sólo una ex profesora y psicóloga que descubrió la manera de viajar. Por error. Y por más que crea saber, en realidad nadie más lo ha hecho NUNCA antes. Sólo existen teorías, todas diferentes y con una alta probabilidad de error.

INTI
¿Y entonces? ¿A qué le tiene más miedo? ¿A estar equivocada o simplemente estar loca?

ELENA
Le tengo miedo a no estar loca. A estar viajando en el tiempo y hacer cambios que me vuelvan loca.

O poder viajar en el tiempo y recordar dos vidas completamente diferentes producto de los cambios que hice... o no poder hacer los cambios que realmente quiero. Que de alguna manera todo lo que ya me pasó en mi historia y la del mundo sean eventos inevitables.

              INTI
Pero aún así habría decidido viajar.

              ELENA
De alguna manera, creo que como dijo Blanca Goycoolea: "con el ser humano, la curiosidad siempre ha superado al sentido común". Y honestamente, no puedo darme el lujo de demorarme más... Si no resulta, sería una gran tristeza..., Pero si resulta, sería... realmente increíble. Una verdadera nueva vida.

Inti revisa una de sus tarjetas ayuda-memoria.

              INTI
Otra cosa que me llama la atención es que veo que usted realmente sabe muy poco de cómo funciona el tiempo. Si fuera posible, ¿cómo se podría atrever a pensar en cambiar la historia, si ni siquiera sabe lo suficiente?

              ELENA
Creo saber lo necesario para alguien que asumirá todos los riesgos. Todos piensan que los más jóvenes son los que deben arriesgarse más, pero no se dan cuenta de que somos los más viejos los que no tenemos nada que perder. Y por lo tanto, los que tenemos la responsabilidad de asumir los riesgos que puedan cambiar y mejorar al mundo. Que esa sea nuestra herencia.

              INTI
Todo suena muy conveniente y a la vez quizás muy convincente. El don de la palabra.

                    ELENA
          Fui profesora por mucho tiempo, lo
          siento.

                    INTI
          De todas maneras, es una herencia
          que usted no quiere compartir.

                    ELENA
          No, todavía. No.

13 **INT. SALA ATEMPORAL - DÍA**   13

    TEXTO SUPERPUESTO: Nombre: Lucrecio Edad: 60 años, Año:
    1940.

    Un PINTOR CORPULENTO está vestido con un overall azul
    mientras está sentado en el mismo sillón vintage, frente
    a cámara. Tiene labio leporino.

    Sigue sonando Mozart con "Vesperae solennes de
    confessore".

    Tiene pintura blanca en la ropa, el pelo, la cara y las
    manos. Tiene una lonchera metálica sobre él y come una
    empanada de pino.

                    PINTOR CORPULENTO
          Primero que todo, si no sé nada de
          los viajes en el tiempo, jamás se
          me ocurriría viajar. Sería como
          pasarle un automóvil a un cabro
          chico. ¿Y sabes cuánto sale un
          automóvil?, ¿y cómo lo manejaría
          un cabro chico?

    Come un poco y continúa con la boca llena.

                    PINTOR CORPULENTO
          Claro. ¿Cómo voy a ponerme en
          riesgo con algo que no sé manejar?

    Sigue comiendo mientras piensa por unos segundos más.

                    PINTOR CORPULENTO
          Suena interesante, pero no sabemos
          nada de eso como para andar
          arriesgándonos y después dejar a
          toda la familia botada.

    Se limpia con una servilleta.

                    PINTOR CORPULENTO
          Algunos dirán que volverían a
          salvar a sus familias del
          terremoto y otros harían sin duda
          algo con la guerra. Pero yo no. Yo
          me concentro en mi familia
          mejor... y en la pega. Como están
          las cosas, hay que agradecer que
          al menos para algunos aún hay
          pega. Día a día se sale adelante,
          no con una máquina del tiempo...
          ¿Para qué? Si problemas vamos a
          tener siempre y hay que aprender a
          vivir con ellos.

Se vuelve a limpiar con la servilleta, la guarda y va a
comer nuevamente de su empanada, hasta que se detiene
para volver a hablar.

                    PINTOR CORPULENTO
          "Pasado pisado", dicen.

Se ríe y sigue comiendo su empanada.

14 **INT. SET DE TV, TALK-SHOW ATALAYA - NOCHE**   14

Continúan hablando. En la mesa se ven todas las botellas
que han tomado. Todas con etiqueta azul.

Llega un ASISTENTE DE PRODUCCIÓN CON MOÑO y se las lleva.
Elena le acerca la copa para que le sirva un poco más.

                    ELENA
          Para que me entiendas un poco más,
          me gustaría que pudieras contestar
          la pregunta que me debes.

                    INTI
          ¿Qué pregunta?

                    ELENA
          ¿A dónde irías y por qué? ¿Qué
          harías si fuera el único viaje en
          el tiempo que puedes hacer? Puedes
          ir al pasado, al futuro, a cuando
          quieras. Ida y vuelta, por
          supuesto.

                    INTI
          Depende...

ELENA
Por supuesto que depende, ahí está la dificultad...

INTI
¿Al pasado quizás?

ELENA
¿A ver tu vida pasada o a un pasado histórico? ¿A destruir a Hitler, por ejemplo? ¿A Putin?

INTI
¿Putin?

Inti frunce el ceño.

ELENA
Cierto...

INTI
Si voy y hago que Hitler desaparezca antes de todo lo que hizo... Por bueno que suene para el futuro, en realidad no sabemos cómo eso afectaría... al mundo.

ELENA
Ni a ti.

INTI
¿Cómo?

ELENA
Que tampoco sabrías cómo te afectaría a ti. A tu vida personal, a tu familia o a tu propia existencia.

INTI
Claro. Y por un lado, también hay que ser capaz de matar a alguien. Por más que sea Hitler, tendría que lograr "detenerlo" mucho antes de que llegue al poder. Ese momento sería el nuevo "aquí y ahora", por lo que realmente hay que atreverse...

ELENA
Cuando aún no cometía ninguna atrocidad.

INTI
Claro. Y por otro lado... Hitler también fue una figura que en parte emergió producto de muchas cosas y un cierto contexto histórico que va más allá de su propia figura, ¿verdad?

Inti toma un trago largo de agua.

INTI
No quiero que se malinterprete. Por supuesto que lo que quiero decir es que suena tentador como respuesta perfecta a la pregunta...

ELENA
Pero...

INTI
Pero... no sabemos que pasaría si nos deshacemos de Hitler. ¿Podría aparecer otro Hitler en su lugar? ¿Incluso uno que sea peor? ¿Que deje una grande? ¿Más que la que dejó el Hitler original?...

INTI
Es que es un sólo viaje asegurado... Hay que pensarlo bien... No sé, no estoy seguro.

ELENA
Claro que no estás seguro, ¿y por qué?

INTI
Porque son muchas variables... Además depende de la teoría del tiempo en la que creamos.

ELENA
¡Ajá!

Elena se emociona. Era lo que quería escuchar.

ELENA
Por supuesto. Depende de la teoría del tiempo QUE SEA REAL, no de la que creamos. Si no sabes las consecuencias de un cambio en el tiempo, ¿cómo puedes tomar una decisión de ese tipo?

¿Y cómo te aseguras de que esto no afecte en tu vida personal?

INTI
No se puede.

ELENA
Pero aún así, sin tener claro cómo funciona el tiempo... ¿no tratarías de hacer algún cambio en tu historia personal o familiar? ¿Quizás salvar una vida? ¿Avisarle a alguien que murió de cáncer que se haga un examen preventivo mucho antes de su muerte y así evitar que ocurra?

Silencio. Inti la mira con desconfianza. Elena insiste.

INTI
Si, puede ser que al final la opción más razonable sea la de hacer un cambio más pequeño y dejar lo de Hitler para una posible segunda oportunidad. Quizás comenzar con un cambio relacionado a algo más personal, algo más controlado y predecible.

ELENA
Perfecto.

Elena sonríe satisfecha.

INTI
¿Perfecto qué?

ELENA
Acabas de demostrar una duda importante.

INTI
¿Cómo no voy a dudar? Además, le estoy siguiendo el juego solamente.

ELENA
Te presioné con una historia hipotética y ya estás poniendo en la balanza a la humanidad por un lado, y a tu vida e intereses personales por el otro.

> INTI
> Pero es hipotético, no estamos hablando de un escenario real.

> ELENA
> ¡Justamente! Si con una conversación tan corta e hipotética ya estás pensando poner tu interés personal por sobre el de la humanidad, imagínate la decisión que serías capaz de tomar si tuvieras realmente esa única oportunidad de viajar en el tiempo.

> INTI
> Si la posibilidad fuera real, por supuesto que lo pensaría un poco más... ¿Y por eso cree que nadie más debería poder viajar en el tiempo?

Elena toma un trago de su copa de vino. Inti insiste.

> INTI
> ¡Que hipocresía la suya! Por qué cree que usted sí tiene el derecho de modificar la historia?

> ELENA
> No creo que tenga el derecho de hacerlo por sobre otra persona, en absoluto, pero al menos soy la única que ha descubierto una forma de viajar en el tiempo.

Inti sonríe. Acepta la derrota, pero sabe que es sólo teórico.

> INTI
> OK, OK. Pero nos falta sustento. Sustento práctico.

> ELENA
> El primer sustento para todo son las palabras.

> INTI
> Y las acciones.

> ELENA
> Por supuesto...

INTI
Señora Elena..., sigamos con su ejercicio... Usted, que se supone que descubrió la forma de viajar en el tiempo...

Elena lo interrumpe.

ELENA
Te cuesta pretender que crees algo de lo que digo. Aunque sea lo más mínimo.

INTI
Le cuesta convencerme de que es verdad.

Ambos sonríen, cómplices. Elena no lo deja continuar con la pregunta.

ELENA
Lo primero es entender que para un primer viaje, las posibilidades son demasiadas.

INTI
Claro..., pero...

ELENA
No sólo en elegir un momento histórico o personal al que viajar, sino también las consecuencias que puede tener cualquier viaje en el tiempo.

INTI
Por supuesto...

ELENA
Al final, son varias preguntas: ¿qué teoría del tiempo es la real?; ¿cómo afecta mi viaje a mi historia personal?; ¿cómo afectará mi viaje al mundo que me rodea?

INTI
OK, pero el sustento.

ELENA
Perdón, es que no he conversado de nadie sobre esto...

INTI
¿De verdad? ¿Con nadie? ¿No tiene una amiga, una comadre por ahí con la que pueda hablar de estas cosas?

Elena no responde.

INTI
¿De verdad? ¿Con nadie?

ELENA
No. Y tampoco pretendía hablarlo contigo, pero algo pasó con el reloj.

INTI
¿Por qué no lo habló con nadie más? Quizás eso la podría haber ayudado en algo.

ELENA
Porque otros me harían las mismas preguntas que yo ya me había hecho. O peor..., me mirarían como tú lo haces...

INTI
¿Lo dice por ser mujer o por su edad?

ELENA
Lo decía por la supuesta imposibilidad de los viajes en el tiempo.

INTI
Por supuesto que no creo que no pueda viajar en el tiempo por ser mujer ni por su edad.

ELENA
Por supuesto.

INTI
Y para que quede claro, no la estoy mirando de ninguna forma en particular.

ELENA
Me refiero a esa mirada de incredulidad. De que definitivamente estoy loca y no vale la pena escuchar mis razones.

Toma un largo trago de vino. Lo piensa un poco. Mira la hora nuevamente. Inti se da cuenta del gesto y mira la hora también en su reloj.

                  INTI
Pero, ¿cuáles son las posibilidades entonces?

                 ELENA
Yo creo, porque tampoco soy científica ni una experta...

                  INTI
Claro, porque supuestamente este es su primer viaje.

                 ELENA
Creo que el tiempo no puede ser sólo lineal.

                  INTI
OK. Entonces, ¿cómo lo describiría usted?

                 ELENA
A ver..., sí..., una posibilidad es que el tiempo sea lineal y todo lo que yo haga en el pasado afecte al futuro.

                  INTI
Muy de película... Pero tiene sentido, ¿verdad? En la simpleza está el atractivo.

                 ELENA
Pero si el tiempo es uno y lineal, cuando yo viajo al pasado y afecto la línea del tiempo, tenemos la posibilidad de generar una paradoja.

                  INTI
¿La que tendría consecuencias catastróficas? ¿Explota el universo, o algo así?

                 ELENA
No sé. Me imagino que todo puede ser. La verdad es que no me he querido complicar con cosas tan difíciles de entender...

> porque si realmente vuelvo al pasado y genero una paradoja, y a consecuencia de eso desaparezco yo o el mundo entero..., ¿no sería eso una paradoja en sí misma?

Inti no sabe que decir.

> **ELENA**
> No importa. Supongo que igual esa sería una posibilidad. Aunque no logro entender por qué el universo permitiría que algo así sucediera.

> **INTI**
> Habla del universo como si fuera un ente viviente.

> **ELENA**
> A veces creo que lo es...

> **INTI**
> Pero hay más posibilidades...

> **ELENA**
> Supongo que sí. Otra posibilidad sería que cada vez que viajo en el tiempo y genero un cambio, la línea del tiempo se separaría en dos. Por lo tanto, si viajo al pasado y hago un cambio, cuando viaje nuevamente al futuro, estaría llegando a otra línea de tiempo diferente a esa de la cual provengo.

> **INTI**
> Qué complejo...

> **ELENA**
> Tendría una vida diferente y recuerdos diferentes a los que todo el mundo tendría a partir de ese momento modificado.

> **INTI**
> No sé si fue suficiente aclaración.

> **ELENA**
> Se transforma en una locura.

>   INTI
>   ¿Asumo que no cree en eso,
>   entonces?

>   ELENA
>   Creo que el tiempo es más simple
>   que eso. Aunque no sé si "simple"
>   es la palabra correcta... Hay otra
>   teoría que dice que el tiempo se
>   acomoda sólo, automáticamente.
>   Sigue siendo lineal, pero en el
>   momento en que viajas al pasado,
>   todo se acomoda. De alguna manera
>   puedes hacer cambios pero no los
>   recordarías, porque todo se ha
>   acomodado para que haya sido así.

Elena busca en su bolsillo y saca un pequeño ovillo de lana color morado.

>   ELENA
>   El tiempo, para mí, es como un
>   ovillo de lana. Pero sin comienzo
>   ni final, todo entrelazado y
>   conectado en diferentes lugares.
>   Pero vivo, cambiante y en
>   permanente movimiento.

El ovillo de lana es confuso, no se puede ver donde comienza ni termina y es claramente imposible seguir el camino del cordón sin perderse entre todas las vueltas que da para ser propiamente un ovillo de lana.

Elena pasa suavemente uno de sus dedos como siguiendo el cordón de lana en una de sus fracciones.

>   ELENA
>   Quizás, el tiempo es una paradoja
>   en sí misma. Creo que el tiempo se
>   acomoda y todo ocurre como debe
>   ocurrir a la vez. No hay mucho que
>   hacer. Además, la energía no se
>   crea ni se destruye, sólo se
>   transforma...

Elena está abstraída. Se pone de pie y comienza a caminar de lado a lado sin mirar a Inti.

                    ELENA
          Tú sabes que eres consecuencia de
          las decisiones que tomas, la
          crianza que tuviste, las
          relaciones que compartiste y
          finalmente del contexto en el que
          viviste.

                    INTI
          Supongo...

                    ELENA
          Básicamente, eres el resultado de
          la perfecta mezcla de variables
          que te hacen ser lo que eres
          ahora.

                    INTI
          Digamos que le entiendo.

Elena sonríe. Mira a Inti.

                    ELENA
          Entonces, si eres el resultado de
          todo lo que pasó antes, ¿crees que
          realmente tomas decisiones
          propias? ¿O sólo se basan y son la
          consecuencia de todo eso?

                    INTI
          ¿Algo así como que no existe la
          libertad de elección, el libre
          albedrío?

                    ELENA
          Justamente eso. No existe el libre
          albedrío. ¡No somos libres de
          elegir!

                    INTI
          No lo creo. Creo que tiene que
          haber una parte que realmente es
          una decisión propia.

Elena sigue caminando frente a Inti que la observa
detenidamente.

                    ELENA
          ¿En qué te basas para decir eso?

                    INTI
          En que en algún determinado
          momento puedo elegir libremente.

ELENA
"Estamos aquí justamente en la búsqueda de algo un poco más concreto que la fe."

INTI
Es que si no hay libre albedrío no hay nada.

ELENA
Si no hay libre albedrío y si todo está de alguna manera escrito...
...somos absolutamente libres.

INTI
Eso no tiene sentido.

ELENA
Si todo está escrito en un idioma que nadie puede leer o en un libro que nadie puede encontrar, ¿en qué me afecta que esté todo escrito? Si no sé si vale la pena mi esfuerzo o no... simplemente debo esforzarme. Claro, si esa clase de esfuerzo es algo que ya está definido en mí.

INTI
OK, pero, ¿qué tiene que ver el libre albedrío con todo esto del viaje en el tiempo?

ELENA
Todo.

Elena toma un trago de su vino.

ELENA
Si tomas en cuenta que está todo escrito, dudo de que exista la forma de que se generen nuevas líneas de tiempo al realizar cambios en esta... Además, puedes considerar que finalmente los cambios que hagas en la línea de tiempo son sólo algo más que debería ocurrir.

INTI
No entiendo... ¿Está buscando justificarse por los posibles efectos que podría tener cambiar la historia?

ELENA
El destino es inevitable, pero no lo conocemos, incluyendo los cambios y viajes en el tiempo.

INTI
Es deprimente.

ELENA
¡¿Cómo va a ser deprimente?! Si todo está escrito y escribiéndose al mismo tiempo, si todo está permanentemente acomodándose, simplemente olvidaríamos que hacemos cambios y seguiríamos haciéndolos en la medida de que esté escrito hacerlos. Por ejemplo, podríamos buscar permanentemente ser mejores personas o simplemente salvar a mi padre, salvarte a ti.

INTI
¡O hacer que ganemos el mundial!

Elena se queda en silencio.

INTI
Claro, si pudiera realmente viajar en el tiempo.

Elena esta molesta y no sabe cómo continuar. Se sienta nuevamente.

INTI
Por supuesto que es lo que más le conviene. Si fuera así, podría cambiar la línea de tiempo hasta tener una vida perfecta, ¿verdad? Y todas las otras consecuencias, para bien o para mal, simplemente no sabría ni recordaría que fue usted misma la que las causó. Y así, evitaría la responsabilidad y el remordimiento...

ELENA
Si está escrito, no sería yo la causante...

INTI
Por eso, asumiendo que fuera realmente una viajera del tiempo y que cree fervientemente en eso...

>   ¿Está dispuesta a venir a este
>   tiempo y a este programa, hacer
>   cambios y afectar la línea de
>   tiempo y la historia; y además,
>   decirlo todo a cámara, sin pensar
>   en las consecuencias?

Silencio.

>   INTI
>   Claro, entendiendo y agradeciendo
>   de todas maneras la intención y el
>   esfuerzo en querer salvarme.

Elena toma otro trago de vino.

>   ELENA
>   Fue casualidad encontrar la manera
>   de viajar en el tiempo. No la
>   estaba buscando... Claramente
>   estaba escrito... Y por supuesto
>   que pienso en las consecuencias.
>   La diferencia es que después...
>   creo que después simplemente no
>   seguiría pensando en ellas...

Silencio.

>   ELENA
>   ¿Qué harías TÚ si estuvieras en mi
>   lugar?

>   INTI
>   Es la misma justificación que
>   podría tener un asesino psicópata
>   para cometer sus actos atroces:
>   "si lo hice, es sólo porque debía
>   hacerlo. Era mi destino."

15   **INT. SALA ATEMPORAL - DÍA**   15

TEXTO SUPERPUESTO: Nombre: Sara, Edad: 25 años, Año: Indeterminado.

Una MUJER CON AFRO está sentada en el sofá.

En el tocadiscos, seguimos con Mozart (Fantasia in D Minor).

La mujer viste con un traje tipo enterito de color amarillo, ajustado. El traje tiene cuello alto y le cubre todo el cuerpo. Usa guantes largos de goma de color azul, también ajustados.

Sobre su cabeza tiene una especie de casco transparente tipo pecera, totalmente sellado con el cuello de su traje.

A través del casco se puede ver que la mujer tiene labio leporino.

Sus botas largas, también de goma y azul, remarcan nuevamente lo protegida que está. En su brazo lleva una cartera también de goma, de la que saca una pequeña botella de cobre. Con un par de gotas de la botella se "lava las manos" con los guantes puestos.

Claramente es de un futuro en el que algo grave pasó y ya están todos acostumbrados a estar absolutamente protegidos.

Está triste y nerviosa por la cámara.

          MUJER CON AFRO
     Si pudiera viajar en el tiempo una sola vez... uff... es muy difícil la pregunta... No sé... Si bien, es muy obvio el tema de la radiación..., no sé si es eso lo que más me motiva.

Mira sus guantes.

          MUJER CON AFRO
     Es que pareciera ser inevitable. Aunque sea difícil de imaginar, siempre habrá personas incompetentes, con poder, capaces de hacer daño al mundo entero, bombardearlo todo, independiente de que sean sectores protegidos o peligrosos para ellos mismos...

Sigue nerviosa mirando sus guantes amarillos.

          MUJER CON AFRO
     Hagamos lo que hagamos para evitar eso, siempre habrá personas así y NADA asegura que sea la última vez que ocurra... Por eso..., supongo que si puedo viajar en el tiempo una sola vez, aprovecharía de conectar con algo más propio, más íntimo.

La mujer levanta la mirada y se emociona.

Respira hondo.

> MUJER CON AFRO
> Estoy segura de que iría donde mi mamá, a ese tiempo en que yo era muy niña... Para decirle que a pesar de todo lo que estaba pasando... conmigo, en esa época... sola...

Mira detrás de cámara.

> MUJER CON AFRO
> ¿Puedo?

Espera unos segundos.

> MUJER CON AFRO
> ¿Seguros?

Respira hondo y guarda el aire de sus pulmones. Se saca el casco lentamente. Lo deja al lado de ella en el sofá. Toma fuerzas y se permite respirar poco a poco. De pronto se sorprende y se emociona.

> MUJER CON AFRO
> No lo puedo creer...

Respira nerviosa durante unos segundos, hasta que por fin acepta que el aire es sano. Una lagrima corre por su mejilla.

> MUJER CON AFRO
> Es que no lo puedo creer...

Se limpia la cara y respira profundo antes de continuar.

> MUJER CON AFRO
> Perdón, perdón. Es que no lo puedo creer... Muchas gracias... De verdad, muchas gracias...

Toma unos segundos para calmarse. Mira sus manos nuevamente y vuelve a tomar aire para continuar.

> MUJER CON AFRO
> Lo primero que haría es ir al pasado a ver a mi mamá... Sólo me gustaría decirle que todo va a estar bien.

Reflexiona antes de continuar.

                    MUJER CON AFRO
            Llegaría a la puerta de su casa y
            le diría, de alguna forma que ella
            pueda sentir que es de verdad,
            "todo va a estar bien"... A pesar
            de lo sola que pueda sentirse en
            ese momento, con una guagua recién
            nacida, sin saber como salir
            adelante, en ese mundo en que
            vivíamos... Le diría eso... y la
            abrazaría fuerte... Y espero así
            darle algo de tranquilidad para el
            futuro.

Se limpia las lágrimas.

                    MUJER CON AFRO
            Eso haría si pudiera viajar en el
            tiempo. Le diría a mi mamá que
            todo va a estar bien.

Pausa.

                    MUJER CON AFRO
                (susurra)
            Todo va a estar bien.

16   **INT. SET DE TV, TALK-SHOW ATALAYA - NOCHE**   16

Elena está cabizbaja, totalmente destruida por su
incapacidad de viajar.

                    INTI
            Señora Elena, estamos llegando al
            final del programa y simplemente
            sólo hemos demostrado que los
            viajes en el tiempo no son
            posibles. Al menos no por ahora. Y
            ni hablar de la posibilidad de que
            usted sea mi hija.

                    ELENA
            No hemos probado nada, aún.

                    INTI
            Justamente de eso hablo.

                    ELENA
            No he parado de pensar en eso...
            Definitivamente debe haber algo
            que no está permitiendo que pueda
            viajar...

Elena mira para todos lados, como buscando una respuesta.

                ELENA
¿Qué se supone que haga ahora?

                INTI
Dejarlo hasta acá.

                ELENA
No. Aún no.

Inti respira hondo y se pone de pie. Ahora tiene una nueva camisa y usa corbata.

                INTI
Más allá de buscar la verdad, me gustaría expresarle mi preocupación por su propia salud mental... Con una idea fija de algo que ya no fue capaz de demostrar... Ya pasó de ser una broma de mal gusto, hace rato, a ser algo preocupante.

                ELENA
Es que aún puedo...

                INTI
No puede, señora Elena. No puede nada. Escúcheme, por favor. Usted es psicóloga. Desde la psicología, ¿podría explicar esto?

Silencio.

                INTI
Si sigue con la idea fija de que puede convencernos de su verdad, sígame el cuento. Tal como me pidió que yo lo hiciera con usted. Esta es su oportunidad. Aún podemos continuar unos minutos más. Sólo si usted decide ayudarnos.

                ELENA
¿Ayudarte con qué?

                INTI
Esta es la situación "hipotética": no sabe de los viajes en el tiempo. Nadie en el mundo sabe de los viajes en el tiempo.

¿Qué le diría a un paciente suyo
que llega con una historia
similar?

                ELENA
No estoy loca, ¿sabes?

Inti no responde.

                ELENA
Le diría que me explique de los
viajes. Me encantaría saber...

                INTI
No me agarre para el leseo ahora,
señora Elena, por favor. En serio.
Nadie en su sano juicio comenzaría
con eso.

                ELENA
Entiendo, pero siempre parto de la
base de que me están hablando con
la verdad, aunque sea sólo la
verdad de ellos.

                INTI
Pero, ¿cuál pensaría usted que es
LA VERDAD?

                ELENA
No creo que sea necesario
explicarlo. Ya todos entendieron
tu punto.

                INTI
Señora Elena, en este minuto tiene
que saber que está contándonos una
historia que sólo usted cree real,
pero que no es una realidad
compartible con el resto del
mundo... Y eso sí ha quedado
demostrado.

                ELENA
Si estoy equivocada, ¿cómo
explicarías todo esto?

                INTI
¿Cómo lo explicaría usted, señora
Elena? Yo no tengo nada que
explicar...

                    ELENA
          Si no fuera yo la que lo dice...
          Si no logro tener ninguna prueba
          de certeza...

                    INTI
          Por supuesto no la buscaría, ni
          tampoco la encontraría si lo
          hiciera.

                    ELENA
          Si realmente no tengo cómo creerle
          a esta persona...

Elena se detiene. Toma aliento y continúa. No es fácil.

                    ELENA
          Es posible que algún trauma
          importante o un evento hayan
          gatillado algo..., algún tipo de
          mecanismo de defensa, supongo.
          Aunque es una respuesta bastante
          simplista. Obviamente necesitaría
          hablar más con este paciente.

Inti camina, se acerca a ella y se agacha para hablarle
más íntimamente.

                    INTI
          No soy psicólogo, pero la abrupta
          muerte de su padre..., su falta,
          la búsqueda de esa figura en su
          vida, ¿Cree que quizás eso sería
          suficiente?

                    ELENA
          Es una historia demasiado compleja
          como para estar inventándome cada
          detalle... ¿no crees?

                    INTI
          No lo sé... ¿No eran complejas las
          historias de sus pacientes?

                    ELENA
          Podría decir que es un dato
          importante... Y que algo, en un
          momento específico de su vida, se
          enlazó con ese momento traumático.
          Y eso terminó haciendo de
          gatillante.

                    INTI
          Claro.

ELENA
Pero no lo sé... Yo ni siquiera había nacido cuando mi padre murió y de mi madre no recuerdo nada, por supuesto... Además, un porcentaje importante de la población ha perdido a alguno de sus padres y no están inventando estas complejas vidas... ¿Por qué en mi caso tendría que elaborar algo así, con tantos detalles?

Inti se levanta y vuelve a su poltrona.

INTI
A veces, una buena mentira tiene que tener muchos detalles para ser convincente. Sobre todo si debe convencer la mente de una psicóloga.

ELENA
Pero todos mis recuerdos...

INTI
Una buena mentira está compuesta de puras verdades.

Elena no contesta.

INTI
No quiero ser bruto, pero usted misma dijo que no había nacido para el momento de la muerte de su padre. ¿Qué tal si no fue así? ¿Y cuando ocurrió todo, usted era aún una niña que vio todo lo que dice que traumó tanto a su madre; y ese trauma en realidad era más bien algo suyo?

Elena se siente molesta por las interpretaciones de Inti. Inti sonríe satisfecho.

INTI
De algo está dudando... Vamos más allá entonces. Busquemos la verdad.

Inti mira a cámara, a sus espectadores.

> INTI
> Si entendí bien, el momento en que gatilló esta "historia", podría tener algo que ver con el trauma del pasado. Entonces, vamos a ese momento...

> ELENA
> ¿Qué momento?

> INTI
> Cuando descubrió la manera de viajar en el tiempo. Ese sería el momento, ¿verdad? ¿Cómo fue?

> ELENA
> ¿Cómo? No. No puedo entrar en detalles.

> INTI
> No quiero la explicación técnica. No me interesa a estas alturas. Dígame, ¿qué estaba haciendo? ¿Dónde y cómo pasó?

Elena no responde.

> INTI
> No hay nada, ¿verdad? Nada concreto, al menos.

> ELENA
> Es vergonzoso. Porque estamos hablando desde la base de que estoy loca. Y por supuesto, ¡todo lo justifica!

> INTI
> Y nada justifica la real posibilidad de un viaje en el tiempo. ¿Lo ve? Nada más que papeles cuestionables o ideas metafísicas, posibilidades, recuerdos y supuestos futuros incomprobables...

Elena se queda en silencio unos segundos. Se calma.

> ELENA
> OK. Te seguiré el juego. No estoy de acuerdo. No puedo estarlo. Pero sólo creo que es justo.

Se sirve ella misma una copa de vino y la toma
completamente. Respira hondo.

      INTI
  Perfecto.

      ELENA
  Para comenzar, descubrí los viajes
  en el tiempo por error...

      INTI
  ¿Pero cómo?

      ELENA
  No conocí a... mi papá. No conocí
  tampoco a mi mamá y los perdí a
  los dos por culpa de un loco, y
  por estar en un momento y lugar
  equivocado... o adecuado para
  desencadenar la historia de mi
  vida. Siempre he pensado... ¿Qué
  pasaría si ese loco no hubiera
  estado ahí?...

Silencio.

Elena continúa mientras apunta con sus manos a Inti y lo
describe:

      ELENA
  Lo único que sé de mi padre es a
  lo que se dedicaba, donde había
  muerto y las consecuencias de su
  muerte en mi vida. Y lo único que
  me quedó de él fue un reloj, que
  llegó a mí casi 90 años después de
  su muerte.

      INTI
  Entonces, ¿cómo llegó a usted el
  reloj?

      ELENA
  Otro de los hijos de las víctimas.

Elena mira detrás de cámara, como buscando a la víctima.
Luego mira su reloj.

      ELENA
  Lo recibió por error como el único
  objeto que quedó de su padre. Y su
  nieto, después de todos estos
  años, descubrió que no había sido
  realmente de él.

                    INTI
          ¿Cómo?

                    ELENA
          Por medio del único registro que
          hay de ese programa.

                    INTI
          ¿Se refiere a este programa?

                    ELENA
          Sí, ESTE programa.

                    INTI
          Y el loco del que habla sería
          José, ¿verdad?

                    ELENA
          El único invitado registrado, y
          con artefactos potencialmente
          explosivos. José Mella, sí.

Inti abre los ojos, totalmente incrédulo.

                    INTI
          Entonces, ¿usted hizo la denuncia?

Elena no responde.

                    INTI
          ¡No lo puedo creer! ¡Por supuesto
          que fue usted!

Inti se pone de pie, camina de allá para acá y se vuelve
a sentar. Respira hondo tratando de calmarse y decide
continuar.

                    INTI
          OK... ¿Y esta persona le pasó el
          reloj, como si nada?

                    ELENA
          Estaba investigando sobre su
          familia. Y en la foto, muchas
          décadas más tarde, se dio cuenta
          de que otra persona era la que
          llevaba el reloj. Como necesitaba
          investigar me contactó,
          conversamos y me lo entregó.

                    INTI
          ¿Y ese reloj viajaba en el tiempo?
          ¿Así nada más?

Elena no contesta.

                    INTI
Cierto. No quiere explicar nada de eso... ¿Y podría ser que ese momento sea el gatillante del que hablamos? ¿Ese enlace con los traumas de su pasado?

                    ELENA
Faltan detalles importantes, por supuesto... Nada es tan simple...

Inti interrumpe.

                    INTI
Se refiere a este reloj, ¿verdad?

Inti se arremanga la camisa para exhibir su reloj. Elena lo mira con atención y abre los ojos sorprendida.

                    ELENA
¡Ese reloj, por supuesto!

Elena se queda congelada mirando el reloj de Inti.

                    INTI
¿Señora Elena?

Elena sale de su trance y se lanza desesperadamente sobre Inti. La mesa cae, las copas de vino, la lámpara, todo es un desastre.

17   **INT. SALA ATEMPORAL - DÍA**   17

TEXTO SUPERPUESTO: Nombre: Hilaria Edad: 70 años, Año: 1932.

En el sofá se encuentra Una SEÑORA CON DELANTAL de trabajo doméstico de los 30's. Tiene labio leporino.

Seguimos con Mozart (String Quartet N° 19).

                SEÑORA CON DELANTAL
Si pudiera viajar en el tiempo, aprovecharía y dedicaría más tiempo a leer..., y bueno, a escribir, por supuesto... Siempre quise escribir más... Quizás incluso publicar algún libro de cuentos..., o tal vez una novela...

La señora se queda en silencio unos segundos.

                    SEÑORA CON DELANTAL
          Pero al final suena como más
          trabajo... Porque para eso,
          tendría que hacer lo que debo
          hacer para seguir siendo yo misma.
          Y a la vez, dedicar tiempo a lo
          que quiero... Si es así, es mucho
          trabajo... ¿Y qué pasa si escribo
          no más? ¿Y pruebo una vida
          diferente?

Mira el suelo. Sigue pensando en su respuesta.

                    SEÑORA CON DELANTAL
          No..., no lo sé, en realidad...
          Creo que si realmente pudiera
          viajar en el tiempo una sola vez,
          visitaría a esos tíos lejanos y
          antiguos que no conozco... O iría a
          ver a mis abuelos cuando eran
          jóvenes y compartir con ellos sus
          mejores momentos...

Hace un gesto de negación con la cabeza.

                    SEÑORA CON DELANTAL
          No... En realidad, creo que iría a
          ver a mis hijas cuando eran
          pequeñas. Ya sé que la pregunta es
          por una sola vez, pero si pudiera
          iría muchas veces... a esos
          tiempos..., antes de que tuvieran
          estudios, trabajo, casa y familia
          propia...

La señora se mira las arrugas de sus manos.

                    SEÑORA CON DELANTAL
          Volvería para aprovecharlas un
          poco más.

18   INT. SET DE TV, TALK-SHOW ATALAYA - NOCHE   18

Elena lucha con Inti por quitarle el reloj, pero este no lo permite.

Inti, quien ahora está usando un terno azul, se aleja de ella con miedo. Está perplejo y se queda mirándola, a la defensiva. Elena se recompone y se arregla la ropa.

> **ELENA**
> Ya sé por qué no funcionó... ya sé...

Elena se detiene a pensar en lo que acaba de descubrir.

> **INTI**
> ¿Sigue creyendo que es una viajera del tiempo?

> **ELENA**
> ¿Sigues buscando la verdad, Inti?

Inti no contesta.

> **ELENA**
> Todo tiene sentido ahora.

> **INTI**
> Nada tiene sentido en este minuto.

Elena ya no lo escucha.

> **ELENA**
> Por supuesto... ¿cómo puedo ser tan tonta?

Inti ve que Elena está muy nerviosa, se le acerca poco a poco y la ayuda a sentarse.

> **INTI**
> Por favor, cálmese y siéntese.

Elena se sienta, lentamente.

> **ELENA**
> Soy tan tonta...

> **INTI**
> A cualquiera le puede pasar. Sobre todo con los traumas que tiene.

> **ELENA**
> Por supuesto que tengo traumas... ¿Quién no los tiene?

Inti se encoge de hombros. Elena se vuelve a parar y comienza a caminar de lado a lado. Inti también se para y la espera frente a su poltrona.

> **ELENA**
> ¿Es que no lo entiendes? Sólo con evitar que haya llegado José, salvé tu vida...

INTI
Pero, ¿para qué venir al programa? ¿Por qué no simplemente haber hecho la denuncia? Claramente tiene que haber algo más. Algo psicológico, ¿verdad? ¿No lo cree, acaso?

ELENA
Simplemente necesitaba conocerte, ¡ya te lo dije!

INTI
En caso de que estuviera equivocada, ¿verdad?

ELENA
No lo entiendes.

INTI
Explíqueme. Es su última oportunidad.

ELENA
Si estás tan dispuesto a encontrar la verdad por sobre todas las cosas, simplemente me entregarías tu reloj. De todas maneras, mi trabajo acá ya está hecho.

Elena sonríe.

INTI
Su misión, claro.

ELENA
Todo en un sólo viaje: te salvo, te conozco y vuelvo a viajar.

INTI
Así de simple. Y tiene la vida que quiere.

Elena vuelve a estar nerviosa y le tiritan las manos.

INTI
No puede viajar, señora Elena, y no es mi hija. Y se nos acabó el tiempo. En realidad, me parece que ya se puede ir.

ELENA
¿Y tu verdad? ¿No harás nada? ¿Seguirás en el mismo paradigma por ignorancia y además por orgullo?

Elena da unos pasos, acercándose a Inti.

INTI
¡Este reloj me lo regaló mi esposa cuando supimos que tendríamos un hijo HOMBRE! ¡Ni loco se lo paso!

ELENA
¡Es que sí puedo viajar! El problema es el reloj... Es mi reloj y tu reloj... Tu reloj está funcionando, y cuando yo lo recibí estaba destruido.

INTI
¿De qué habla, señora Elena? Por favor, ¡pare con todo esto!

Elena se acerca bastante a Inti y quedan frente a frente. Toma su bastón con las dos manos y respira profundo. Agacha la cabeza, mirando el suelo.

ELENA
Perdón, Inti. Entiendo que no me creas, realmente lo entiendo.

Inti se calma y da un paso hacia donde está Elena, tomándola del hombro como expresando que está todo bien.

ELENA
Sólo quiero agradecerte una vez más por todo. Por la oportunidad, por tratar de creerme y por ser mi padre.

INTI
Señora Elena...

ELENA
Y te quería pedir perdón.

INTI
No hay nada que perdonar, no le...

¡PAF! Elena interrumpe a Inti con un fuerte golpe de su bastón. Inti cae al suelo, medio aturdido.

Elena le saca el reloj de un tirón mientras la nariz de
Inti comienza a sangrar y su cara atónita de sorpresa la
mira con los ojos bien abiertos.

Elena se aleja y levanta el reloj, mirando a Inti como
pidiéndole perdón por lo que está a punto de hacer.

                    INTI
          No. Señora Elena... No se atreva.

                    ELENA
          Lo siento, Inti...

¡Chak!

Elena azota el reloj de Inti contra el suelo y lo remata
con el bastón. El reloj se destruye completamente y queda
tirado en el suelo.

                    INTI
          ¡¿ Qué le pasa, vieja chiflada?!

Inti mira detrás de cámara, como buscando ayuda.

                    INTI
          ¿Es que nadie va a ser nada en
          este programa?

                    ELENA
          Querido Inti, ahora podrás
          presenciar tu tan preciada verdad.

19 **INT. SALA ATEMPORAL - DÍA**   19

    TEXTO SUPERPUESTO: Nombre: Pascual, Edad: 16 años, Año:
    1986.

    En el mismo sillón, hay un ADOLESCENTE con chaqueta de
    mezclilla con parches, pelo largo y un skate. Tiene labio
    leporino.

    En el tocadiscos se sigue escuchando a Mozart
    (Divertimento in D Major).

                    ADOLESCENTE
          Iría al futuro. Por lo menos cien
          años en el futuro. Vería cómo
          están las cosas: la música, la
          sociedad, la familia... hasta mis
          nietos, quizás...

    Lo piensa unos segundos mientras hace girar las ruedas de
    su skate.

                    ADOLESCENTE
          Vería si por fin estamos tratando
          a los animales de una forma
          digna... Qué brutalidad por todo
          lo que han tenido que pasar por
          culpa del ser humano... En algún
          momento terminará todo eso,
          supongo.

Sigue haciendo girar las ruedas de su skate.

                    ADOLESCENTE
          También vería si el calentamiento
          global fue detenido o revertido de
          alguna forma... O si no fue así,
          quizá vería las consecuencias de
          no revertirlo y volvería al
          presente para comenzar a cambiar
          ese futuro catastrófico... No
          sé...

Mira detrás de cámara. Le están dando indicaciones.

                    ADOLESCENTE
          ¿Una sola vez? Ah, no sé...

Silencio.

                    ADOLESCENTE
          Tendría que jugármela por el
          futuro. A pesar de todo lo que
          pueda pasar, hay algo del futuro
          que me tranquiliza. Ir al pasado
          es más complejo y también..., si
          viajas demasiado al pasado...,
          ¿cuánto tiempo puedes aguantar sin
          las comodidades del mundo moderno?
          Sin papel higiénico, por ejemplo.

20 **INT. SET DE TV, TALK-SHOW ATALAYA - NOCHE** 20

Se repite la primera escena:

La respiración profunda y cansada de ELENA (90 años) se
escucha en la oscuridad.

Entre el parpadeo y penumbras se puede ver en el suelo,
una lámpara de mesa que está volteada parpadeando, como a
punto de estallar y una botella de vino tinto con
etiqueta roja que está tirada junto a una copa rota que
aún está goteando, alimentando una pequeña posa del mismo
vino que parece un charco de sangre.

21 **INT. SALA ATEMPORAL - DÍA**   21

   La niña escolar mira fijamente a cámara.

22 **INT. SET DE TV, TALK-SHOW ATALAYA - NOCHE**   22

   Una pequeña mesa de centro está tirada con una pata
   quebrada, una tabla de quesos y frutos secos está
   esparcida por todo el piso y una fracción de un letrero
   de neón rojo con las letras "AT" tiñe de color el
   ambiente.

23 **INT. SALA ATEMPORAL - DÍA**   23

   El fotógrafo de los años 70's mira fijamente a cámara.

24 **INT. SET DE TV, TALK-SHOW ATALAYA - NOCHE**   24

   Unas tarjetas de televisión tipo ayuda-memoria están
   esparcidas al costado de la mesa con el logo del programa
   "Atalaya" y un ovillo de lana verde está tirado en el
   suelo, a medio desarmar, sin inicio ni final.

25 **INT. SALA ATEMPORAL - DÍA**   25

   La mujer con afro del futuro mira fijamente a cámara.

26 **INT. SET DE TV, TALK-SHOW ATALAYA - NOCHE**   26

   Los labios pintados de Elena dejan ver rastros de labio
   leporino. Sonríe y se pueden ver unos dientes muy blancos
   y cuidados. Sus ojos azules brillan de emoción, tras unos
   enormes lentes ópticos dorados.

27 **INT. SALA ATEMPORAL - DÍA**   27

   El Huaso Elegante mira fijamente a cámara.

28 **INT. SET DE TV, TALK-SHOW ATALAYA - NOCHE**   28

   Elena está de pie, apoyada en su fino bastón de madera.
   Da un paso adelante, respira profundo un par de veces y
   logra cierta calma. Acomoda su pelo corto, y sacude el
   polvo de su largo y elegante cárdigan gris claro que deja
   ver su micrófono de solapa.

                    ELENA
          ¿Quien sería yo si a estas alturas
          de mi vida, en este preciso lugar
          en el tiempo, no estuviera
          dispuesta a aceptar los riesgos
          que voy a tomar?

29   **INT. SALA ATEMPORAL - DÍA**   29

     El pintor corpulento de los 40's mira fijamente a cámara.

30   **INT. SET DE TV, TALK-SHOW ATALAYA - NOCHE**   30

     Un poco más atrás, en el suelo y adolorido, detrás de
     todo y cerca de un ventanal de madera falso que muestra
     una ciudad nocturna impresa en papel, se encuentra INTI
     (35 años), el host del show, que parece haber estado muy
     arreglado hace algunos minutos. Se soba la cara. Tiene la
     nariz rota, sangrando. Usa una camisa de franela clara y
     grande que también lleva enganchado su micrófono de
     solapa.

31   **INT. SALA ATEMPORAL - DÍA**   31

     El novio del 2022 mira fijamente a cámara.

32   **INT. SET DE TV, TALK-SHOW ATALAYA - NOCHE**   32

     Inti se incorpora poco a poco hasta quedar de pie. Se
     afirma en un foco de luz apagado, de esos que deberían
     estar detrás de cámara para iluminar el set. Permanece
     distante, mirando a Elena, perplejo.

     Elena carraspea y aclara su garganta. Se alza firme y con
     la espalda recta. Ahora sí está lista. Se dirige a la
     cámara, al público televidente y habla en un tono seguro,
     como si fuera un discurso preparado por mucho tiempo.

                    ELENA
          Mi nombre es Elena Grajales y hoy
          Lunes 8 de Junio de 1998... tuve
          la suerte de poder estar aquí,
          contigo.

     Elena mira a Inti a los ojos.

                    ELENA
          Y por ti, Inti, demostraré lo que
          todos creíamos imposible.

33 INT. SALA ATEMPORAL - DÍA   33

La señora con delantal de los años 30's mira fijamente a cámara.

34 INT. SET DE TV, TALK-SHOW ATALAYA - NOCHE   34

Elena revisa su reloj análogo de pulsera, uno claramente muy antiguo y con una correa de cuero, con muchos detalles en ella.

> ELENA
> Sin más preámbulos, contra todo cuestionamiento posible, aquí y ahora, frente a todos ustedes..., yo, Elena Grajales, viajaré en el tiempo..., y aceptaré todas las consecuencias que esta decisión y este viaje puedan ocasionar.

Se genera un silencio sepulcral. Inti sólo la mira, expectante.

> ELENA
> En 3... Todo vale la pena a estas alturas.

Inti va a decir algo, pero se contiene. Se acerca a Elena lentamente hasta que ella lo mira y él se detiene en seco. Elena lo queda mirando hasta que Inti decide dar un paso atrás. Elena continúa.

> ELENA
> 2... Porque por fin sé que esto es lo que debería haber sido siempre.

35 INT. SALA ATEMPORAL - DÍA   35

El adolescente skater de los 80's mira fijamente a cámara.

36 INT. SET DE TV, TALK-SHOW ATALAYA - NOCHE   36

Elena aprieta firme su bastón.

> ELENA
> (susurrando)
> Uno... ¿Quién sería yo si no hiciera todo lo posible para ser feliz junto a mi familia?

Inti Sonríe y Elena vuelve a sonreír también. Se alza recta y segura de sí misma.

Elena mira a cámara, luego a Inti y...

presiona el único botón que tiene su reloj.

Inti da un paso más acercándose a Elena.

Los ojos de Elena se llenan de emoción.

Un sonido profundo comienza a emerger y las luces comienzan a parpadear. El sonido va incrementándose poco a poco hasta que:

¡BUUUUUUUUUM!

Un ruido estruendoso, muy agudo, satura todo el espacio.

CORTE A NEGRO.

37   **INT. SALA ATEMPORAL - DÍA**   37

Se escucha "Lacrimosa" de Mozart en el tocadiscos. Poco a poco e iluminándose lentamente, comienzan a aparecer todos los personajes que habían aparecido anteriormente en la sala atemporal: la niña escolar, el fotógrafo, la mujer con afro, el huaso elegante, el pintor corpulento, el novio, la señora con delantal y el adolescente skater.

Todos miran a cámara sin decir nada, como si estuvieran posando para una fotografía, en silencio absoluto, quietos, por largos segundos.

De pronto, la mujer con afro comienza a cantar "Lacrimosa", aunque no se escucha su voz. Sólo se escucha la versión del tocadiscos.

MUJER CON AFRO
Lacrimosa dies illa

Se suma a la canción el político militar sin que la Mujer con Afro deje de cantar.

HUASO ELEGANTE
Qua resurget ex favilla

Se suma el Escolar skater de los 80´s.

ADOLESCENTE
Judicandus homo reus

Se suma la niña de 9 años.

> NIÑA ESCOLAR
> Lacrimosa dies illa

El resto de los personajes se sigue sumando a la canción uno a uno.

> PINTOR CORPULENTO
> Qua resurget ex favilla

> FOTÓGRAFO
> Judicandus homo reus

> SEÑORA CON DELANTAL
> Huic ergo parce, Deus

> NOVIO
> Pie Jesu Domine

Siguen cantando todos juntos.

> TODOS
> Dona eis requiem
> Dona eis requiem
> Amen.

Una vez que terminan, quedan en absoluto silencio y mirando a cámara fijamente. Pasamos a un lento:

> FADE OUT.

FIN.

www.ingramcontent.com/pod-product-compliance
Lightning Source LLC
LaVergne TN
LVHW041615070526
838199LV00052B/3155